옷을 입었으나 갈 곳이 없다

이제

행복우물

눈이 어디서부터 시작되는지 찾겠다며 우리는
하늘을 한없이 헤쳐 놓았다.
손가락 사이로 미끄러지는 빛은 우리의 마음을
헤쳐 놓기에 충분했고
하얗게 비치는 당신의 눈을 보며 나는
얼룩 같은 다짐을 했었다.

밤의 무늬

빳빳하던 너의 목소리가 이제는 흐늘흐늘하게 들려와
끝없이 늘어난 시간 속에서 나 어지러이 걷다가
네가 두고 간 옷을 입어본다
양팔에 얼굴을 묻으면 훅 끼쳐오는 너의 냄새
아우성치는 맹렬한 철길을 네 냄새가 잠시 덮는다
당신이 준 무늬에 나 한참을 머무르다 잠드는 밤
당신이 머무른 한 철에
모든 꿈을 다 뺏긴 밤

뛰었다. 웃음소리가 온몸을 기어 다니는 것 같이 간지러워서 계속 뛰었다. 햇빛에서는 너의 냄새가 났다. 작별 인사를 기도문처럼 입안에서 굴리다가 잠이 들었다.

그 계절 우리는 언덕에 나란히 앉아 좁은 동네를 내려다보았다. 빨갛고 노란 양철지붕은 사계절 내내 단풍이었다.

비탈길을 따라 작아지는 너의 등을 바라본다. 사람과 사람을 묶어놓는 것이 무엇인가를 생각했다. 멀리서 들려오는 발소리가 너인가 싶어 일어서려다가 다시 주저앉았다. 나를 사랑한다면 그 사랑을 두 눈앞에 가져다 놓으라던 네 말에 아무런 대답할 수 없었던 것처럼, 이제 어디에서 너를 찾아야 할지 알 수 없었다.

시간은 파스스 꺼져가고

해가 지는 것을 보러 바다를 찾아다니던 날들이 있었다. 산이나 건물 뒤로 모습을 감추는 것보다 바다로 사라지는 해가 좋았다. 가장 뜨거운 존재가 한없는 물에 닿으면 파스스 꺼져서 마침내 어둠이 찾아온다. 시간은 매일같이 녹아 없어지지만, 해가 지는 것을 보고 나면 하루가 간다는 추상적인 개념을 눈으로 확인한 것 같았다. 바다 위로 붉은 것이 위태롭게 흔들리는 모습을 지켜보았다.

모든 게 불안하던 계절, 혼자서 자주 바다를 찾았다. 통영에서는 도로로 튀어나오는 작은 것들 때문에 가슴을 졸였고, 목포에서는 아기 상어 노래와 함께 바다 위에서 춤추는 분수를 보았다. 부산에 갔더니 때마침 영화제 기간이라 어떤 필리핀 영화를 보았고, 해남에서는 '내 고향 북녘땅 가고 싶다 그리운 내 고향 북녘땅'이란 낙서를 발견했다. 남한의 최남단에 찾아와서 북녘땅을 그리워하는 사람의 심정 같은 건 내가 죽을 때까지 생각해보지 않을 만한 것이었다. 이렇게, 내 삶에 전혀 없는 구석을 발견할 때면 어떤 수확을 얻은 기분이었다. 바다를 찾아다니다 보면 예상치 못한 곳에서 의외의 수확이 안겨졌다. 일몰 시간을 기다리며 서 있으면 시간이 느리다. 느린 시간의 빈틈에 나의 불안을 끼워 넣었다. 운이 좋으면 다시 일주일을 보낼 만큼의 용기가 주어지기도 했다.

　해는 어제도 떨어지고 오늘도 떨어지고, 그렇게 삼백육십 다섯 번 해가 떨어지면 우리는 해가 간다고 한다. 시간은 계속 사라지다가 결국엔 떠나는 존재였다. 누구에게나 공평하다는 그 시간이 때로는 배신하는 것 같았다. 당신이 떠나고 한참이 지나고도 여전히 당신의 빈자리가 어색할 때, 이제 그만했으면 하는데 마음이 계속 당신을 찾을 때가 그랬다. 그때는 시간이 약이 되어주지 않았다. 그러면 나는 떠나가는 해를 눈으로 보러 갔다. 사라져가는 해에 빌었다. 볕이 드는 땅으로 나를 데려가 달라고. 시간이 약이 되길 바라지 않아도 되는 곳으로 보내주기를, 타들어 가는 물에도 나는 빌었다.

당신은 그동안 별이 없는 곳을 찾아왔다고, 오롯이 까맣기만 한 밤을 찾아다녔다고 했다. 당신이 떠난 여행의 이유였다. 그때까지 우린 깊은 대화 한번 나눈 적 없었지만, 그 말을 들었을 때 얼마나 베인 상처들이 많은 건지 가늠할 수 있었다. 꾹 다문 입과 먼 시선. 치유되지 않은 상처들은 아마 당신의 꾹 다문 입과 먼 시선으로 변했으리라. 나는 당신의 상처를 동경했다.

　방에서 몰래 담배를 태우려고 다른 방들의 불이 꺼지기를 기다리던 밤, 나는 글을 썼다. 글엔 잘 알지도 못하는 당신이 자주 등장했다. 당시에 내가 했던 모든 것엔 전부 당신이 섞여 있었다.

　사람이 사람을 향한 마음이 어떤 건지 나는 여전히 잘 모른다. 아직 사전에서 정의하지 못한 감정들이 많이 남아있다고 믿는다. 전혀 들어보지 못하고 겪어보지 못한 마음에 대해서, 그 시절 나는 배웠다. 밝은 감정과 어두운 감정, 내가 알고 있는 모든 감정이 한 번씩은 당신의 모습을 했다. 그런데 그 모든 것이 섞이니 사랑 같았다.

당신은 나에게 분명 다시 좋아하는 사람이 생길 거라고, 그리고 날 진심으로 좋아하는 사람도 만날 수 있을 거라고 확신에 차서 말했다. 눈앞의 당신이 아득해졌다. 당신은 내가 만날 새로운 사람에 대해 확신했지만 내가 쥐고 있는 확신은 당신이었다. 내 마음은 너무 진한 나머지 색과 향을 잃어, 당신은 느낄 수 없었다. 설렘과 질투와 싸움과 소유로 이루어진 사랑은 여러 가지 색이 섞인 폭죽이 터지는 듯했다. 그런 사랑은 흔했지만 무색무취의 사랑은 처음이었다. 특징이 없어서 지워지지 않았고 눈에 띄지 않아서 변하지 않았다. 당신을 보며 절망하지 않고 눈물 흘리지 않았다. 그저 사랑했다.

세상 사람들이 전부 은하수를 찾아다닐 때, 오롯이 까맣기만 한 밤을 찾아 헤맨 적이 있다. 고개를 들면 위성조차 구름에 묻힌 까만 하늘. 당신을 봐도 나지 않던 눈물이 그제야 흘러나왔다.

해풍

세상은 온통 네 이름이었다
그 이름이 파도 같아서
멀리 있어도 바람을 타고 오는 파도 같아서

세상은 온통 네 순간이었다
내 삶에 갑자기 네가 들어왔던 것처럼
그런 순간들은 예고도 없이
나를 흔들고는 모른 척했다

헌 옷에는 괴담이 있다. 사고로 죽은 이의 옷을 벗겨 팔기도 한다는 소문이나, 구제시장에서 산 바지 주머니에서 피 묻은 신분증이 나왔다는 소문을 나도 들어본 적 있다. 괴담들은 애석하게도 나를 설득하지 못했고, 나는 '빈티지'라고 불리는 옷 입기를 즐겨 했다.

광장시장 구석에는 수입 구제 옷들을 파는 가게들이 모여 있다. 나의 헌 옷 탐사는 거기서부터 시작되었다. 옷으로 이루어진 좁은 복도를 헤매다 보면 금방 문 닫을 시간이 되어 늘 마음이 조급했다. 마감 전에 하나라도 더 팔고 싶은 주인들은 후하게 값을 깎아주기도 했다.

헌 옷으로 가득 찬 공간엔 특유의 냄새가 있다. 외국에서도 동네를 찬찬히 둘러볼 만한 시간이 있으면 그런 가게에 갔다. 거기서도 같은 냄새가 났다. 괴담에 어울리게끔 말하자면 그건 헌 옷에 묻어있는 영혼의 조각들이 뿜는 군내였다. 다른 이유로는 설명되지 않았다. 아직 전 주인의 땀이 마르지 않았을 것 같은 옷이 있는가 하면 좋은 향으로 세탁된 옷이 있었고 아직 택이 붙어 있는 새 옷도 있었다. 다리미가 뿜는 수증기 냄새가 나는 셔츠가 있었고 나프탈렌 냄새가 밴 청바지도 있었다. 이렇게 다양한 향이 있는데 어째서 구제시장만 가면 익숙하고도 독특한 냄새가 되는 걸까.

사소한 것이라도, 물건을 오래 쓰다 보면 애착이 생긴다. 다른 사람이 쓰던 물건이 내게 오면 타인의 애착을 공짜로 횡재하는 기분이다. 사람과 사람 사이의 애정이 그러하듯, 사람과 물건 사이에도 무언가가 있을 때 특별해진다. 애인이 기념일에 선물해준 옷, 첫 월급을 받고 산 코트, 친구가 수선해준 티가 쇼윈도 안의 것들과 같을 리 없다. 한 살씩 먹는다는 것은 나의 자취가 된 물건들을 더 많이 남기고, 떠나보내는 것일지 모른다. 어른들은 깨끗한 옷을 사 입으라 하셨지만 나는 눈에 보이지 않는 것까지 쇼핑하는 그 기분을 즐겼다.

살아가면서 더 많은 물건을 만나고 거기에 더 많은 애정을 묻히고 싶다. 나의 흔적이 다른 사람에게도 흘러가 상상력을 열어주었으면 한다. 내가 가진 의미가 타인에게 가서 또 다른 의미로 태어날 것이다.

한 번이지만 누드모델이 되어본 적이 있다. 촬영은 사진을 공부하던 친척 동생이 해주었다. 다양한 주제로 촬영을 해보고 싶어서 준비한 것이 많았다. 나무 정원을 가진 방을 빌렸다.

나체인 상태를 누군가 찍어준다는 것이 어색할 줄 알았는데 우리는 어느새 촬영에 몰두하여 다른 것은 신경 쓰지 않았다. 마치 둘 다 벗고 있거나 둘 다 입고 있는 것 같았다. 나는 옷만 벗고 있지 않았다. 포즈와 표정으로 연기를 해야 했다. 가슴을 내밀 듯 쫙 펴야 어깨가 굽어 보이지 않는다거나, 속옷 자국은 생각보다 빨리 생긴다는 것을 그때 알았다.

렌즈 앞에서 나를 전시하며 생각했다. 나는 여전히 나를 잘 모르는구나. 평소 나는 노출이 없는 옷을 좋아한다. 달라붙는 소재보다 품이 넉넉한 옷이 좋다. 그러면서도 이날은 실오라기 하나 걸치지 않고 물에 빠졌다가 나무에 기댔다가 하며 사진을 찍었다. 예전에 파도를 맞아 비키니가 벗겨진 적이 있어서 그 뒤로는 비키니가 싫었다. 하지만 외국의 인적 드문 강에서는 비키니마저 벗고 수영을 하기도 했다. 이것을 변덕이라기보다는 태도라고 부르고 싶다. 누드모델을 한번 해보니 더 많은 사람 앞에서도 할 수 있을 것 같다. 하지만 문신 때문에 안 될 거라 짐작하고 포기한다. 오늘은 포기하지만 어느 날은 그 일을 하고 있을지 모른다. 장담하는 말은 점점 아끼게 된다.

몇 시간이나 촬영이 이어졌다. 중간에 쉴 때도 몸을 가리지 않고 알몸인 채 드러눕고, 다시 찍기 시작할 때는 그대로 일어나면 되었다. 나의 헐벗음이 가벼웠다. "헐벗다"는 본래 "허물을 벗다"라는 뜻의 제주도 사투리인데, 옷이 나의 허물일 리는 없었다. 지구의 생명체들은 어느 방식으로든 전부 닮아 있기에, 자라면서 껍질을 벗는 파충류처럼 사람도 무언가를 벗을 것이다. 나는 이 생각이 사진에 담기기를 은근히 바랐다.

수백 장의 사진을 추려서 사진집을 만들었다. 뿌듯했고 기분 좋게 부끄러웠다. 즉흥적으로 일을 벌이는 것은 앞으로도 잦을 것이다. 잘 되는 것보다 실패가 많겠지만, 살아가면서 두려운 것들이 아직도 많이 남아 다행이라고 생각한다. 머지않아 두려운 것에게서 내 모습을 찾지 않을까. 내가 벗어낼 허

25

물은 시기와 질투이기를 바란다. 아직도 그런 감정
에서 벗어나지 못하기 때문이다. 몸을 움직이는 것
은 별 뜻 없이도 할 수 있었지만 마음을 다루는 일은
여전히 어렵다. 손을 뻗어도 닿지 않는 먼 마음이 있
었다.

낱장의 마음

페이지를 넘겼다.

세 줄의 시가 있었다.

익숙한 필체가 몰래 자리 잡은 것을,

나는 한참을 바라보았다.

집 한쪽에는 우두커니 첼로가 서 있었다. 작은방 안에서 첼로를 보고 있으면 묘한 감정에 휩싸였다. 검붉은 케이스를 입은 그가 사람처럼 느껴지면 눈물이 났다.

초등학교 시절, 엄마는 나에게 직접 바이올린을 가르치다가 실패했다. 자기 자식은 못 가르친다는 말과 함께 따라온 건 첼로였다. 일주일에 한 번씩 집으로 오는 첼로 선생님에게 매주 혼이 났다. 나는 첼로를 연주하지 않고 그저 그것을 쳐다봤다. 첼로는 자신을 가둔 케이스를 열어주길 바랐을 것이다. 하지만 거기까지 손을 뻗을 수 없었다. 학교에 가면 나를 괴롭히던 앞자리 아이에게 하고 싶은 말을 속으로만 되뇌었고, 집에 오면 어디서 온 것인지 모를 질문들이 나를 괴롭혔다. 바보처럼 가만히 서 있는 첼로를 보면 꼭 나를 보는 것 같았다. 나는 날 닮은 그것을 증오했다.

첼로처럼 나도 어딘가에 가두어져 있었다. 그곳에서 나오려고 꽤 오랜 시간 더듬거렸다. 하지만 늘 제자리였다. 샤워를 하다가, 길을 건너다, 전화 받다가, 갑자기 다른 세계로 쿵 떨어져 버리는 느낌. 그 세계에 다녀오고 나면 쓰나미처럼 덮쳐오는 공허함을 이길 수 없었다. 나는 두 가지 세계에 걸쳐있었지만 어느 쪽도 속하지 않았다. 내 의지로 간 적은 한 번도 없었기 때문이다. 묻고 싶지 않은 물음이 꼬리에 꼬리를 물고 날 괴롭혔다. 나의 존재를 의심하는 질문들은 시간이 지나도 극복되지 않았다.

우울증 환자들은 우울해지기 위하여 일부러 불행을 택한다고 한다. 내가 그렇게 되어버린 걸까. 우울에서 벗어나고 싶었지만 우울하지 않으면 불안했다. 우울은 나의 적이 아니라 가까운 친구처럼 느껴졌다. 첼로는 우울을 대신해서 나의 미움을 온몸으로 감당하고 있었다. 나는 그에게 악한 마음을 줬지만 내가 돌려받은 것은 위로였다. 첼로를 켜면 울리는 현의 진동이 내 몸 구석까지 느껴졌다. 나는 그게 첼로가 소리치는 자유라고 생각했다. 근사한 위로였다. 하지만 그뿐이었다. 첼로는 여전히 하드케이스에 갇힌 채로 거실에 서 있었고, 나는 무력했다. 나는 나 자신도 구원할 수 없었다.

바다는 지평선에서부터 조금씩 빛을 옮긴다. 물결
이 일렁일 때 빛은 그 물결을 따라온다. 내 눈에 닿
는다. 눈이 부시다.

날이 좋아서 원하는 만큼 바다를 바라다볼 수
있었다. 그늘진 계단에 앉아 아스팔트 위로 부서지
는 파도를 보았다. 그늘을 벗어난 곳에는 할머니가
앉아계셨다. 바로 옆에 넉넉한 그늘이 있는데도 할
머니는 햇빛 아래서 양산을 쓰고 계셨다. 스스로 만
든 음영 아래 책을 읽는 그의 고집은 어떤 것일까.

그늘은 보는 사람에 따라 쉴 곳이 되기도, 우울
한 그림자가 되기도 했다. 한때 글을 쓰려고 하면 모
든 끝이 우울하게 맺어져서 그것을 보고 다시 우울
해지곤 했다. 나는 왜 이런 글밖에 쓸 수 없는가. 하
지만 나의 우울함이 타인에게는 위로가 될 수 있다
는 것도 그쯤 알았다. 애써 무시해왔던 불안한 예감
이었다. 소중하게 생각해 온 친구가 나의 불행을 자
신의 위안으로 삼았다. 때로는 즐기는 것 같기도 했
다. 더는 예전처럼 그 친구를 볼 수는 없었지만 나도

한 가지 위로를 받았다. 내가 만든 그늘은 나에게는 어두운 그림자였지만 그에게는 쉴 곳이었다.

공원에서 본 할머니의 그늘은 분명히 자신을 위한 것이었다. 자의로 사람들과 조금 떨어져, 자신이 고른 책을 읽고 있었으니. 이제는 나도 내가 쉴 곳을 만들어야 했다. 나라서 할 수 있는 일들이 있고 나만이 가진 특별함이 있다고 믿어본다.

가까운 친구가 나의 불행을 모은다는 사실을 알게 된 후 한동안 나는 다른 사람들까지 두려워하게 되었다. 타인을 향했던 두려움은 다시 나에게 돌아왔다. 믿음은 두려움을 잠재우다가도, 두려움이 도리어 믿음을 짓누르는 날도 있었다.

계단에서 일어나 그늘을 등지고 걸었다. 조금 전의 나는 내 뒤에 있었고, 더 조금 전의 나는 그 뒤에 있었다. 내가 나를 따라오는 것마저 두려운 날들이었다. 하지만 무언가를 등지고 걸어가는 건 그 반대편에 다가가는 일이기도 했다. 해를 떠나, 파도의 가슴팍에 안겨 오는 빛처럼.

숨

간절하게 바라는 것이 있으면 숨을 참고 그것을 적었다. 숨을 참고 적은 것들 사이에 네 이름이 있었다고 나는 부끄러운 고백을 했다.

마음 한 켠에 담을 둘러놓고 네가 기웃할 때마다 번지는 생각들을 그 벽 너머로 밀어두었다. 구석으로 쌓아둔 것들을 풀어줘야 할 때가 올 텐데, 그때는 저 많은 것을 어떻게 하나. 나는 진척이 없었다.

너를 너무 바라다보면 네가 더럽혀질까 발걸음을 돌려야 했던 날들. 나의 마음을 짐승처럼 송곳니로 잘근잘근 끊어내고 싶었다.

그러나 내가 가장 깨끗해질 때가 있었다. 눈이 오는 날이었다.

눈이 어디서부터 시작되는지 찾겠다며 우리는 하늘을, 구름 사이를 한없이 헤쳐 놓았다.

너를 대신해서 바라볼 것이 있어 다행이었다.

그해 장마 내내 나는 처마 밑에 있었다. 눈앞으로 떨어지는 빗방울을 보는 동안 사람들은 잠시 비를 피하러 왔다가 떠나갔다. 동그란 것들이 벽이고 바닥이고 부딪혀 깨지는 것을 보았다.

비 구경을 마치면 이불 위에서 시나 일기를 썼다. 낱개의 종잇조각들 위로 쓰인 시들은 쉽게 버려졌다. 누군가 주워 읽어도 이해할 수 없게 주어나 목적어, 가끔은 문장을 통째로 생략했더니 나중엔 나조차 그 의미를 알 수 없게 되었다.

내가 태어난 계절은 여름이 아니라 장마라고 말했다. 여름에 내리는 비가 나는 좋았다. 한여름에도 비가 지나간 밤이면 순간이나마 으슬으슬해지는 것이 가벼운 쓸쓸함을 줬다. 그런 쓸쓸함은 어쩔 도리가 없어서 그해 장마가 지나갈 때 내가 한 일이라곤 의미 없는 것들을 적고 버리며 시간을 보내는 것뿐이었다.

나는 네가 걸어가는 것을 보며 네가 밟게 될 돌을 줍고 싶었고, 네가 언제까지고 걸어갈 길을 바라보고 싶었다. 빗소리가 하는 일은 그런 내 마음을 무겁게 적시는 것이었다. 내가 사랑하는 것들이 도리어 두려워지고 있었다. 처마 끝에 간신히 매달린 물방울처럼 나에게도 그렇게 온 사랑이 있다. 지나가는 장마처럼, 장마가 두고 가는 여름처럼.

장마가 끝나면 결말에 대해서 덜 생각하기로 한다. 언젠가 버려질 시도 그만 쓰기로 한다. 네가 한 말을 시로 바꾸기 위해 오랫동안 간직해온 문장을, 이제는 보여주려고 한다. 빈틈없이 쏟아지는 빗속에서도 어린 마음들이 태어났다.

이틀간의 침묵

밝고 좋은 기운을 주변에 주고 싶다. 할 수 있다고 말해주는 사람이 되고 싶다. 에너지가 많고 건강한 사람이 되고 싶다. 끊임없이 새로운 일을 저지르는 사람이 되고 싶다. 내가 틀렸다는 걸 알고 바로 고치는 사람이 되고 싶다. 감정을 제대로 표현할 줄 아는 사람이 되고 싶다. 꽃,

바람,

어둠,

빗소리,

나뭇잎,

애벌레에 감탄할 줄 아는 사람이 되고 싶다. 회피하지 않고 주도적인 사람이 되고 싶다. 소중한 사람들의 자존감을 올리는 사람이 되고 싶다. 화를 낸다면 그것으로 인해 변화의 원동력을 만들고 싶다. 편안하고 행복한 사람이 되고 싶다.

제때 와야 하는 마음이 연착되어 불안을 느낀 적이 있다. 시를 읽어도 슬픔이 없고 영화를 봐도 사랑이 없었다. 그런 감정들은 조금의 예고도 없이 찾아오던 것인데, 계속된 부재에 나는 적잖이 당황했다. 그리고 좌절했다. 무엇으로도 감동이 없는 상태에서 내가 할 수 있는 것은 없었다.

그래서 나는 어느 때보다 열심히 책을 찾아 읽었다. 사람보다 책에서 위로를 찾던 시절이었으니 아마 이런 상태도 책이 고쳐줄 거라 믿었던 것 같다.

도서관에서 빌린 책에는 간혹가다 밑줄이 쳐져 있었다. 어떤 기준으로 선택된 문장인지는 알 수 없었다. 의문의 독자가 감동한 순간일 거라고 나는 멋대로 상상했다. 소설에서 주인공은 사랑하는 사람을 사고로 잃고 산사태 같은 상실감과 슬픔을 겪는다. 하지만 시간이 지나, 죽은 연인을 떠올려봐도 더는 사랑이나 슬픔이 자신을 지배하지 않는다는 것을 알게 된다. 모든 것에 무뎌져 버린 것을 깨닫는다. 의문의 독자는 여기에서 밑줄이 아닌 글자를 남겼다. 나는 그다, 나에게는 아무것도 남아있지 않다, 라고.

읽던 책을 덮고 나는 그 책을 끌어안았다. 다음 날 도서관에 가기 전에 서점에 들러 똑같은 책을 한 권 샀다. 사서에게는 빌린 책을 잃어버렸다고, 동일 도서로 변상해야 한다는 원칙대로 새 책을 샀다고 말했다. 의문의 독자가 또 다른 작가가 되어 작품에 난입한 소설은 나의 책장에 꽂아두었다.

내가 다 비었다고 느낄 때면 그 책을 꺼내어 그 페이지를 열었다. 오래되어 조금은 번져 보이기도 한 볼펜 자국에서 흐르는 슬픔이 나의 갈라진 습곡에 찼다. 다시 슬픔에 젖을 수 있다는 게 위안이 되는 날이었다.

공기통을 등에 메고 단번에 30m 해저로 내려갔다. 전진하면서 서서히 내려가던 다른 바다와는 다르게 좁은 굴뚝같은 바위틈으로 수직 하강을 했다. 그 포인트의 이름은 벨이다. 다이버들이 좁은 틈을 내려갈 때 공기통으로 바위를 댕댕 치는 소리가 종소리 같다고 하여 붙여진 이름이다.

마침내 바다는 커다란 공터를 드러냈다. 공터의 중앙은 수면에서 들어온 빛으로 밝았고 구석으로 갈수록 어두웠다. 다양한 밤이 그곳에 숨어있었다. 땅거미도 가고 어스름한 밤과, 푸르게 새벽 맞는 힘찬 밤과, 닿지 않는 구석에는 가장 어두운 밤이 제일 많은 별을 품에 안고 있었다. 물고기들은 자유롭게 그 사이를 지났다.

뭍으로 올라와서 무거운 장비를 벗고 소금기 머금은 몸을 씻었다. 식당들이 서서히 불을 밝히면 저녁을 먹는 사이에 저녁이 왔다. 깊은 바다 아래 숨었던 밤이 허리를 펴고 나와, 물속부터 하늘까지 검게 적셨다. 사람들이 밤의 기세를 꺾어보려고 저마다

40

노랗고 하얀 불을 켰다.

불을 켜는 것에 관심 없는 사람들은 밤낚시를
갔지만 낚싯줄을 기둥에 묶어놓고 누워서 하늘을
보는 시간이 더 길었다. 검은 바다 위에 떠 있으면
숨었던 별이 나왔다. 놀란 흰동가리가 말미잘 속에
숨는 것처럼 별도 전등을 보고 숨었던 것이다.

낮에는 바닷속으로 밤을 찾아가고 밤에는 바다
위에 떠서 별을 찾아갔다. 때때로 별은 포물선을 그
리며 손을 뻗었다. 나도 손을 뻗었으나 손끝에 닿는
건 차가운 바다 내음뿐이었다.

착각은 누구나 한순간 마음에 품을 수 있는 자유로운 것이다. 다만 내가 착각에 빠질 땐, 누군가의 시선 아래서 죄를 짓는 것처럼 죄책감이 물 먹은 듯했다.

차라리 완벽하게 착각에 빠지면 좋았을 텐데. 반은 의심하고, 반은 믿어버리는 그런 불완전한 착각 속에서 나는 물 먹은 신문지 뭉치처럼 축축해져버렸다.

그럴 때 나는 일제강점기를 살았던 시인이 연인에게 썼다는 편지를 읽으며 나를 다독이곤 했다. 그렇게 하면 눈앞이 아찔할 정도로 달콤했던 착각에서 벗어나 다시 無의 현실로 돌아올 수 있었다. 요즘에 다시 죽은 시인의 편지를 들여다보곤 한다. 그의 절절한 사랑이 담긴 편지를 한번 읽고, 좋아하는 단편을 조금 읽고, 불을 끄고 창문에 매달려서 담배를 피운다. 창밖으로 비추는 달빛이 밝다. 흩어지는 담뱃재를 본다. 담뱃잎이 타들어 가는 3분 동안 마음이 조금 정리된다.

누구에게도 헛된 희망을 품지 않도록, 그리고 내일은 좀 더 현실로 회귀할 수 있기를 바라면서 침대에 눕는다. 잠이 드는 일은 쉽다. 내 마음을 내 마음대로 하는 일이 어렵다.

하늘과 모래로만 가득 찬 그곳엔 정체불명의 위압
감이 있다. 나침반도 쓸모없어 불안을 부르는 땅이
며, 범인은 발자국을 잃어버려 평온한 땅, 외로운 자
들은 자꾸 뒤를 돌아 자신의 발자국을 찾게 하는 땅
이다. 여행을 가면 가까운 사막을 찾아갔다.

—— 바하리야
사막에는 다양한 표정이 있다. 검고, 하얗고, 날카롭
게 반짝이는 얼굴이 바하리야에 있다. 다양한 지형
으로 유명해 흑사막, 백사막, 크리스털 사막을 한 번
에 볼 수 있다.

　　백사막에 다문다문 자리한 거대한 바위들은 우
주에서 떨어진 운석 같았다. 세월과 바람은 바위를
다양한 모양으로 만졌다. 닭과 버섯 모양을 한 바위
가 유명하다. 바위 사이를 걸으며 하나하나 이름을
붙였다. 낙타 바위, 코뿔소 바위, 모자 바위, 의자 바
위…. 작은 바위 위로 열 배쯤 더 큰 것이 아슬아슬
하게 올라가 있기도 했다. 바람은 바위마다 틈을 만

들었다. 아마 그 틈에서 사막여우가 쉬어 갔을 것이다.

그들의 사막에서 나도 하루 쉬어 갔다. 같이 밤을 보낼 일행은 바하리야 사막 옆 작은 마을에 십 년을 넘게 살았다고 한다. 여행 중 곤란한 상황에 처한 나는 무작정 아랍어 하는 한국인을 찾았는데, 그때 일면식도 없는 그에게 전화해서 나 좀 도와달라고 했다. 낮잠을 자다가 낯선 한국인의 전화를 받은 그는 즉시 내가 있는 곳으로 와주었다. 그게 우리의 인연이었다. 그는 사막이 좋아 여기에 살게 되었다고 한다.

돌을 쌓고 나무를 찢어 불을 붙였다. 삼겹살을 구워 보드카와 함께 먹으며, 위로 길게 자라 휘어진 그의 40여 년에 대해 들었다. 그는 일찍이 이집트 남자와 결혼하여 사막 마을에 정착했다. 이집트 남자는 오늘날까지도 부인을 여러 명 둘 수 있다는 설화 같은 이야기도 들었다. 술을 더 마시자 그는 아랍어로 말하기 시작했다. 낮에 나를 구해준 그 말이다. 알아듣지도 못하면서, 반가웠다.

자정이 넘어서 모래 위에 일인용 매트를 펼쳤다. 와중에 머리는 어디에 둬야 하나 고민되었다. 사막에는 창도 없는데 말이다. 무거운 담요를 덮고 누우니 눈앞에 별이 한가득이다. 손으로 별들을 하나씩 짚어볼 듯하다. 그들이 속삭이는 소리에 사막의 눈꺼풀은 무거워진다. 마침내 사막이 잠들고, 여우는 활개 친다. 그 밤, 사막과 별 사이에는 내가 있었다.

뜨는 해가 눈이 부셔 몸을 뒤척이다가, 머리맡에 찍혀있는 사막여우 발자국을 보고 잠이 깨었다. 여우는 내 코에 코를 대고 냄새를 맡다 갔을까.

—— 고비

진심으로 목이 말랐던 기억이 강렬하게 남아있는 땅. 빈 물병을 내려놓으며, 마른 혀를 달래보려고 시선은 더 멀리 달아난다. 평야가 대부분인 몽골의 땅이 훤히 보인다. 티끌처럼 작은 동물들도 눈에 들어온다. 고비를 내려가면 나도 저 작은 것 중 하나가 된다. 바람은 내 머리칼을 쓰다듬었다. 여기는 동서로 1,600km에 이른다는 몽골의 사막. 네발로 기어야 할 것 같은 가파른 경사의 모래 늪. 두 다리를 집어삼키려는 모래를 피해 앞으로, 아니 위로 나아갔다. 한 걸음을 내디디면 모래는 나를 반걸음 밀어냈다. 손을 뻗으면 앞사람이 닿을 것 같은데 아무리 나아가도 따라잡을 수 없었다.

고지에 올랐을 때, 언덕을 타고 올라와 머리칼을 장난스레 헝클이던 바람을 만났다. 타는 목을 달랠 순 없었지만 바람은 나를 만져주었다. 목마른 건 아무렴 좋았다. 지상 어느 곳에서도 그런 손길은 없었으니.

태양이 한순간 사라진다. 가장 환한 빛 뒤에 어둠이 찾아온다. 고비를 내려와 다시 딱딱한 땅을 밟고 목을 축였지만 머리를 만져주던 바람은 이제 없다. 짐승들은 코가 꿰어 일렬로 걸었다. 사막을 떠나 지상으로, 나는 다시 곤두박질쳤다.

— 와카치나

오아시스가 있는 마을이었다. 가난하고 갇힌 자들이 쉬어가던 곳이었을까. 오아시스는 초록색이었다. 관광객을 상대로 한 것인지, 노를 저어갈 수 있는 나룻배도 몇 대 있었다. 이제는 목을 축이러 그곳을 찾는 사람은 없다. 생수를 사거나 수도를 틀면 그만이었다. 하지만 오아시스는 여전히 사람들에게 생명력을 주고 있었다. 아이들은 저마다 포대나 박스를 깔고 앉아 모래에서 미끄러졌고, 밤이 오면 사람들은 북을 치며 노래를 불렀다. 나도 와카치나의 생명력을 깊은숨으로 빨아들였다.

—— 우유니

나로부터 태어난 것들이 나를 떠나려고 한다. 눈물들이 서로를 껴안자 방울로 떨어진다. 그건 배신이다, 하는 말이 나오지 못하고 입 안에서 녹는다.

내가 좋아하는 것을 나만 차지하고 싶은 어리숙한 마음이 있다. 고인 마음은 악취가 난다는 것을 알면서도. 내가 사랑하는 것을 다른 사람들도 사랑하기 시작하면 그들에게 빼앗길 것 같아, 나에게만 아름다운 것을 찾아 끌어안게 되었다.

우유니는 해를 조금 베어 먹은 만큼 달을 내어줬다. 일몰을 보러 간 자리였다. 앞에서는 해가 바스러지고 뒤를 돌면 달이 태어나고 있었다. 이곳에서 나는 실체가 그림자로, 그림자가 실체로 바뀌는 것을 보았다. 살아갈수록 나를 떠나려는 것들이 많아졌다. 그것들을 무던히 보내줄 수 있을까. 하얀 사막이 내게 보여준 것처럼, 떠나려는 것을 놓아주면 나를 찾아오는 것도 있을까.

더 많은 사막에 갈 것이다. 여기에서 우주의 모래시계가 멈췄다. 이 모래는 언젠가 하늘에서 쏟아진 것, 다시 하늘로 부어질 때 모래는 말할 것이다. 사막에서는 마음들이 서로 엉켜있더라고.

물보라는 겨울의 언어라고 한다. 일본 문학인 하이
쿠에는 계절의 단어가 정해져 있다. 하이쿠를 읽으
면 나는 꼭 반대되는 계절에 그 단어를 끼워 보곤 했
다. 여름에 피어나는 물보라를 상상해본다. 내가 보
냈던 한 계절이 떠오른다.

　　수영 중에서도 특히 더운 날 하는 수영을 나는
좋아한다. 구청에서 운영하는 수영센터가 집 앞에
있어서 자주 수영을 갔다. 그 여름에 나는 친구와 도
서관을 같이 다녔는데, 더위를 못 참겠다 싶으면 잠
깐 다녀올게, 하고 수영장으로 뛰어갔다. 서울에서
혼자 지중해에 사는 것 같다고 친구는 말했다. 한창
사람들이 일하거나 학교에 있을 시간에 나는 매일
물보라를 만들었다. 바위에 부딪히는 파도는 없었
지만 락스 냄새 나는 물이 파란색 타일에 부딪히며
물보라를 일으켰다. 그해 여름 제일 먼저 기억나는
건 수영이다. 졸업은 했고 하는 일은 없는, 아무런
계층에도 집단에도 속하지 않은 상태로 나는 존재
했다. 가야 할 곳이 없어 텅 비어 있던 계절에 나는

헤엄쳤다. 살아온 날 중 가장 여름에 충실했던 날들이었다. 내 일 대신 여름의 일을 했다. 그래서 '제대로 여름을 살았다'고 말할 수 있는 건 그때뿐이다.

여름에 먹는 겨울 제철 과일 같은 것이 요새는 유행이다. 그런 맛은 신기하긴 해도 온전한 맛은 아니듯, 계절의 모습에 맞게 살았을 때 나는 가장 삶에 충실하다고 느낀다. 덜 욕망하고 더 평화롭게. 계절에 나를 퍼즐처럼 끼워 맞출 때 내가 느끼는 것은 안도감이다. 아직은 세상의 뜻대로 살고 있지 않다는 것, 여전히 계절과 조화될 수 있다는 것에게서 오는 안도감이다.

사계가 보여주는 것을 보고, 주는 것을 먹고, 밀치면 넘어진다. 그것이 나의 기도이고 명상이다.

오늘 밤을 넘기기 힘들 거라고 의사가 말했고 간호
사들은 그렇게까지 심각하진 않다고 했다. 우리는
의사보다 간호사를 믿었다. 그날 밤은 정말로 넘어
갔다. 우리는 간호사의 말에 조금 더 매달린다.

환자의 딸과 나는 그에게 밥 같지 않은 밥을 먹
이고, 그보다 더 많은 약을 주고, 굳어가는 몸을 주
무른다. 어릴 때 쭉쭉 크라고 날 주물러준 어른은 누
구였던가.

며칠 밤을 새운 딸을 집에 보내고 병원의 밤을
지킨다. 우리는 한 밤을 더 허정허정 넘어가야 한다.
나에게는 가만히 있으면 왔다 가는 것이 밤이었는
데, 병실에서는 힘껏 넘어가야 하는 것이었다. 환자
의 손을 꼭 잡았다.

열한 시, 약을 먹고 잠을 좀 자고 싶다고 했다.
다시 마약성 진통제를 삼킨다.

세 시, 알아들을 수 없는 웅얼거림이 있고 풀린
동공이 있고 사무적인 간호사의 상태 확인이 있었
다. 이제 나는 눈물을 흘리며 마른 몸을 주무른다.

52

다리 하나가 툭, 침대 밖으로 힘없이 떨어진다. 입안으로 물을 한 스푼씩 넣어본다. 환자는 두 번쯤 삼키다가 다시 눈을 감는다. 기계는 계속 숫자를 보여준다. 81, 82 같은 숫자를 살핀다. 더 높은 숫자를 기다린다.

네 시, 요동치는 숫자. 가족들을 불러야 하나요, 나의 물음과, 울음과, 한 시간을 기다려보자는 간호사의 말이 지나간다.

다섯 시, 괜찮아졌어요. 가족들을 부르지 않아도 되겠어요. 간호사의 말이 좁은 병실에 넘친다.

여섯 시, 푸르게 동이 튼다. 어둠에 잠겼던 벚꽃이 모습을 드러낸다. 깨어나면 커튼을 걷어 아침을 보여줘야지. 사월이지만 환자에게는 아직 날이 차다. 스르르 나의 눈이 감긴다.

잠이 든 나의 어깨를 누군가 잡는다. 기계의 숫자가 곤두박질친다. 환자는 숨이 가쁘다. 아직, 잠깐만, 이모가 사랑하는 딸이 오고 사랑하는 언니도 올 거야, 어제 먹고 싶다던 홍시를 가지고 올 거야.

눈 떠봐, 눈 떠봐요.

몸살

올해 중 가장 추울 거라는 일주일이 시작되었다. 겨우 하루 보냈을 뿐인데 밖에 있던 시간이 길었는지 몸살이 났다. 아플 때 나는 구석으로 밀어뒀던 생각들을 주섬주섬 펼쳐보았다. 평소에는 치열한 고민이나 바쁜 일정에 밀려 허리를 펴지 못한 것들이다. 밀어뒀던 것을 파헤치다 보면 영감이 떠오르고, 바로 거기에서 새로운 장르의 내가 태어난다.

눈앞이 어지럽게 흔들리고 몸이 으슬으슬 떨렸다. 아무것도 하지 못한 채 지나가는 시간이 불안하지만 약에 취해 누워있는 시간은 환자의 특권처럼 느껴지기도 했다. 일이나 사람에 치여 오다가 강제로 휴식 시간이 주어진 것이다.

몸살은 내 몸과 정신을 소독한다. 작년에도 한번 크게 앓은 적이 있다. 몇 날 밤을 누워있었더니 잠도 더 오지 않았다. 조용한 방안에는 애써 무시해온 고민이 떠다녔다. 쉽게 놓을 수가 없어서, 어쩌면 후회할까 봐, 혹은 여태까지 이래왔으니까 붙잡고 있는 것들이다. 다니는 회사가 그랬고 누군가와의 관계가 그랬다. 겉은 멀쩡해 보이지만 열어보면 썩은 채로 아슬아슬하게 서 있는 나무 같은 것들. 나는 그것들을 끊어내기로 했다. 때로는 몸이 아픈 것이 마음마저 돌보게 한다.

하지만 이번엔 쌓인 할 일을 해치우기 위해 빨리 일어나야 했다. 주사를 맞으러 병원에 갔다. 아픈 것도 여유가 있어야 할 수 있는 걸까. 사실 내게 필요한 건 주사가 아니라 흠뻑 아파하는 것이었다. 온종일 자다가 일어나서 본 창밖은 여전히 어둡고, 다시 약에 취해 정신없이 잠이 들고, 지금이 밤인지 새벽인지도 모르게 시간 밖으로 벗어나는 하루. 악몽을 꾼 듯 땀을 뻘뻘 흘리다 깨면 그제야 몸살이 떨어져 나가는 걸 느끼고, 다시 입맛이 돌기 시작하고, 눌린 머리카락을 거울 속에서 발견하게 되는 것. 주사로도 안 될 만큼 강렬한 몸살이 필요하다. 무관심 속에 뒹굴던 마음을 다시 줍고 싶었다. 잔뜩 아픈 다음에는 햇볕에 나를 잘 말리고 탈탈 털어내고 싶다. 그렇게 연한 시간을 보내고 나면 머지않아 새로운 마음이 태어날 것이다. 한 번도 살아보지 못한 온전한 마음을 마주할 것이다.

자기 전까지 SNS나 메신저를 하는 게 일상인 친구들 사이에서 나는 메신저는커녕 휴대폰도 없었다. 그때까지 나의 연애는 휴대폰이 없던 시절 같았다. 같이 있는 시간을 제외하면 소식을 몰랐고, 그래서 대부분의 시간을 함께했다. 문자를 주고받지 못하는 대신에 만나고 헤어질 때마다 글씨로 빼곡한 쪽지를 교환했다. 편지는 아니고 늘 쪽지였다. 만날 약속을 정하면 꼭 그 시간, 그 자리에 서 있어야 했다. 친구들과도 마찬가지였다. 약속이 취소돼도 나에게 알릴 길이 없으니 아마 나 때문에 유지된 약속도 더러 있었을 것이다.

밖에서 통화해야 할 일은 생각보다 잦았다. 동네 공중전화의 위치를 꿰고 있었고 외운 번호도 많았다. 공중전화 카드는 추억이라 불리었지만 나는 활발히 쓰고 있었다. 다른 사람의 휴대폰을 빌려 애인에게 번호 없이 문자를 보내기도 했다. 물론 거기엔 나를 알아볼 수 있는 우리만의 표식이 숨어있었다. 그러면 답장 없이도 상대방의 웃음을 들을 수 있었다. 문득 보고 싶어질 땐 그 사람이 좋아하는 장소나 자주 가는 카페에 무작정 가보기도 했다. 보람 없이 돌아온 적이 많았지만 아주 가끔, 자리에 앉아 공부하고 있는 애인을 발견할 때도 있었다. 애틋함과 반가움이 따뜻한 커피 향과 함께 퍼졌다.

매일같이 서로의 텔레파시를 확인해보던 밤과 내 앞에 존재하는 너만이 네가 되는 순간들. 어떤 숫자도 화면도 우릴 속이지 못하며 서로에게만 집중하던 시간. 핸드폰 없이 어떻게 연애를 하느냐고 묻던 사람들은 이해 못 할 우리의 비밀이 있었다.

마지막에 너는, 상처 주지 않고 좋게 헤어지고 싶다고 말했다. 좋게 헤어진다는 말은 내겐 여전히 동화 같다. 그 말에 슬쩍 칼을 넣어 갈라보면 한계, 무관심, 포기, 애정보다는 우정 같은 것들이 드러날 것이다. 이별은 결국 실패한 사랑일까. 그렇지만 너와는 실패해도 좋았다. 앞으로 더 많은 사랑에 실패해도 괜찮을 것이다.

서투름

서투름은 그 시절만의 것이었습니다
그것도 모르고 우리는 서로에게
여문 것만을 보여주리라 다짐했습니다
당신에게는 앞모습만 보여주려고
애꿎은 신발 뒤축만 닳아갔습니다
뻘같이 찐득한 당신의 서투름에 두 발이
잡혀 넘어졌고 조개의 숨구멍이나
게가 집 지은 흔적으로 가득한
부드러운 뻘에서 일어날 생각도 없이
오래도록 뒹굴었습니다

무인 서울

서울은 내 고향이다. 나고 자란 곳에 왔는데 갈 곳이 없다. 돈이 있을 땐 모텔에서 잤고 돈이 없으면 찜질 방이나 게스트 하우스에 갔다. 몇 번은 낚시 의자 위에서, 몇 번은 친구네 집에서 자기도 했다. 씻고 입고할 것들을 가방에 짊어지고 다녔다. 외로움은 내 마음에서 자라나는 거라고 배웠는데 그때는 공간과 빛이 나를 외롭게 했다. 잘 곳을 찾으려고 네모난 핸드폰 화면을 엄지손가락으로 휙휙 넘길 때, 무거워진 배낭이 어깨를 누를 때, 매번 다른 동네를 찾아갈 때 나는 버려진 기분이 들었다. 하지만 무엇으로부터 버려졌는가, 그것은 모르겠다.

고등학생 때 꽃동네라는 사회복지시설에 단체 봉사를 하러 간 적이 있다. 거기서 만난 한 노숙자는 발견 당시 옷을 열 겹도 넘게 껴입고, 모든 주머니마다 쪽지가 들어있었다. 일 년 내내 몸 뉠 곳 한 뼘 없이 살아간다는 것은 어떤 의미일까. 지나가 버린 시간의 뒤통수만을 보며 살아갔을까. 그의 주머니에 들어있던 것은 어릴 때 꿨던 긴 꿈일 거라고 나는 생

59

각했다.

　가족들은 나에게 아무런 희망도 선물하지 않았다. 집은 안전지대가 아니었다. 그 연을 끊기로 하고 집을 챙겨 나왔을 때 내겐 더 이상 거점이 없었다. 나는 어디로 가야 할까. 고향에서 헤매는 밤들이 증오스러워, 그 밤을 기록하기 시작했다. 낯설게 바뀌는 잠자리가 일 년이 넘어가다 보니 이제 내게 고향은 없는 것 같았다. 서울의 밤은 너무 밝다. 나는 그 네모 한 칸의 빛을 갖기 위해 신음했다. 가방을 내려놓는 나에게 누군가는 서울을 여행 중이냐 물었다. 그런 것 같기도 했다. 어디에도 살지 않았으니까. 항상 짐을 버려야 한다는 강박감이 생겼다. 언제든 떠나야 하니까. 짐을 덜고 가방을 가볍게 하는 습관이 생겼다.

　이제 더는 잘 곳을 고민하지 않지만 나는 아직 기억한다. 네모 안에 갇힌 수많은 빛을 바라보던 밤이나 내 정수리를 내려다보는 달의 적막함, 나를 자꾸 뒤로 밀어내는 서울의 비웃음 같은 것. 내가 혼자라는 것을 배운 건 그 어떤 헤어짐도 아니었다. 그 밤엔, 내 목소리에 붙은 그림자마저 혼자였다.

겨울은 이렇다

계단에 앉아서 문자 메시지 하나를 기다리던 기억
누군가를 탓해야 하는데 그 누군가를 찾을 수 없어
돌고 돌다가 결국 나를 다시 원망하던 기억

그 겨울 내가 본 도시는
건물의 그림자가 사람처럼 보이기도 했다.

해 마중

보름간 아프리카에 있던 엄마가 돌아오는 날이다. 엄마가 떠나기 전보다 더 두꺼운 옷을 입고 공항으로 마중을 갔다. 창밖으로 지나가는 사람들을 넋 없이 구경한 적은 있지만, 꼿꼿이 서서 한 사람도 놓치지 않으려 애쓴 적은 처음이었다.

문을 통과해 나오는 사람들의 표정은 붉게 상기되어 있었다. 낯선 이들이 내 앞에서 서로를 껴안고 넘치는 반가움을 쏟아낸다. 매번 귀국 비행기를 타러 갈 때면 아쉬움과 설렘이 공존하다가, 착륙과 함께 허탈감이 밀려왔다. 그 무거운 허탈감을 같이 들어주기 위해 마중을 간다. 멀리 갔다 온 사람의 얼굴을 제일 먼저 본다.

가끔은 사람이 아닌 것에게도 마중을 간다. 연말은 다음 해를 마중하러 가는 시간이다. 이때면 보고 싶던 사람들을 볼 기회를 만들기도 쉬웠다. 많은 결심이 모였다가 무너진다. 새롭게 닥칠 아쉬움과 설렘을 나눠 들기 위해 사람들은 망년회라는 이름으로 자꾸 모이는 것일지도 모른다. 혼자 들기에는

62

버거운 시간이다.

　이 시기가 지나면 가장 연한 색의 계절이 돌아온다. 축축하고 어두웠던 자리에서 하얗고 노란 것들이 피어난다. 경계하는 것들은 바스러지고 말간 날들이 이어질 것이다.

옥상

그곳에선 두 번쯤 이웃을 경찰에 신고하기도 했다. 수시로 아이의 옷을 벗겨 쫓아내는 집이 있었고 밤만 되면 물건을 던져가며 싸우는 집도 있었다. 신고하던 날은 새벽 내내 아이의 울음소리와 둔탁하게 몸을 때리는 소리가 이어졌다. 좁은 골목엔 끊임없이 신축 빌라가 세워졌다. 공사장 드릴 소리는 땅이 아니라 나의 두개골을 쪼개는 것 같았다.

빽빽한 빌라 숲 사이에 우리 집이 있었다. 옥상에 오르면 다른 소음이 멀게 느껴졌다. 마음이 가난한 사람들의 머리가 개미처럼 까맣게 움직이는 것을 내려다보았다. 아무도 나를 향해 고개를 들어보는 사람은 없었다. 거기서 나는 음악을 듣고, 저 멀리 흔들리는 노란 가로등 빛을 보며 담배를 태웠다. 자유로운 외딴섬이었다.

나의 섬에 한 사람을 데려왔다. 그를 위해 노란색 플라스틱 의자를 올려놓았다. 나의 숨만 가득했던 곳에 일 년 정도 우리의 숨이 포개어졌다. 그동안 의자는 햇빛과 비를 온몸으로 받으며 회색으로 변했다. 의자가 색을 잃는 동안 나는 사랑하는 사람을 잃었다.

　다시 혼자였다. 목적 없이 올라가 한참을 서성일 수 있던 곳이 있어서 그 동네를 덜 미워할 수 있었다. 질서 없이 뒤섞인 마음은 자주 옥상으로 올라갔다. 그때 슬펐던 일들은 이제는 슬프지 않게 되었고, 새로 이사 온 동네에서는 다시 나를 고립시킬 곳을 찾아 서성이고 있다. 줄 수 없는 마음들은 공중에 흩어져야 한다.

별일 없던 오전에 나는 유명 작가의 팟캐스트를 듣고 있었다. 그의 말이, 주변에서 인사치레로 "요즘 바쁘시죠?"라고 묻는데 본인은 전혀 바쁘지 않다는 것이다. 가끔 운동하거나 집주변을 걷거나 글을 쓰고, 대부분의 시간은 거의 집에서 가만히 있는다고 한다. 바쁠 만큼 약속을 잡는 일도 없다고 한다. 성공할수록 바쁘지 않아야지, 성공해도 바쁘다면 무엇을 위한 성공이냐고 그는 말했다. 듣고 보면 당연한 말인데도 놀라웠다.

각종 문학상 수상 작품을 찾아 읽던 때 그의 소설을 처음 접했다. 그는 얼마 후 내가 듣던 교양수업에 강연자로 등장했고, 이후로는 TV에도 자주 비추었다. 그가 쓰는 책은 나오는 족족 베스트셀러가 되었다. 그런 그가 바쁘지 않다니, 게다가 바빠지고 싶지도 않다니.

현시대는 바쁜 것이 좋은 삶의 척도인 것으로 보인다. 바쁘냐고 묻는 것이 인사이고 안도이다. 그런데도 "노력 없이 성취하세요!" 같은 말이 유행인

걸 보면 아마도 우린 분주함에 멀미하는 중일지 모른다. 옆 사람이 달리면 나도 같이 달려야 할 것 같아 불안해진다. 다 같이 게을러지는 날들이 도래하면 좋겠다. 모두가 느긋해서 요즘 한가하시죠, 가 기분 좋은 인사가 된다면 좋겠다. 단기간에 너무 많은 것을 하려고 하다가 절망하는 일이 종종 있었다. 문득 그런 절망은 낭비라는 생각이 들었다. 살아오며 자주 내 삶이 망할 것 같았지만 그러지 않았다. 앞으로는 자신에게 관용을 베풀며 좀 더 힘을 빼고 살아보려고 한다. 우리는 모두 태어나고 살아보는 게 처음이니까.

매년 긴팔을 꺼내 입을 즈음이면 여의도에서는 폭죽을 터뜨리는 축제가 열렸다. 임용고시를 준비하는 친구는 노량진 고시학원에서 폭죽 터지는 소리를 들었다.

"학원 안에서 폭죽 소리 듣자니 무슨 폭격 맞는 거 같아."

그날의 축제가 누군가에게는 폭격이었다.

나는 집 앞 도서관에 자주 갔다. 그곳은 날마다 사람들로 가득 차서 자리표를 뽑아야 했고, 시험 기간에는 대기표를 뽑아야 할 지경이었다. 자기소개서를 쓰기 위해서, 토익 실전 풀이를 위해서, 공무원 시험을 준비하기 위해서 자리가 빽빽했다. 내게는 그것이 공사 현장만큼이나 치열한 삶의 현장으로 보였다. 다들 무언가가 되기 위해 준비 중인 사람들의 집단. 이 많은 사람들의 자리는 원래 어디였을까.

만화 영화에서, "빨리 어른이 되고 싶다!"라는 대사를 못마땅해하는 쿨하지 못한 어른이 나는 되어 있었다. 어릴 때 상상으로는 어른이 되면 물질적인 풍요와 그럴싸한 직업이 따라오는 줄 알았다. 취업을 위해 얼마나 많은 관문을 거쳐야 하는지는 들은 바 없었다. 그건 사회로 떠밀려지기 직전이 되어서야 알 수 있는 비밀이었다. 그 과정에서 나는 쏟아지는 불안의 세례를 받았다. 마음속엔 하루에도 수십 번 화약이 터졌다. 축제가 아니라 폭격이었다. 폭격은 '이 세상에서 과연 날 필요로 하는 곳이 존재는 할까'라는 울분을 터뜨렸고, 스무 살이 넘었다는 이유만으로 왜 내가 어른이 되어야만 하느냐는 의미 없는 분노를 터뜨리기도 했다.

어제도 도서관에 다녀왔다. 친구에게서 임용고시 이야기를 자주 들으니 이제는 공부하는 사람들이 모두 고시생으로 보였다. 친구에게 메시지를 보냈다.

-너의 영향으로
-여기서 공부 중인 우리 또래는 죄다
-고시생으로 보임

왜 그렇게 무거운 이야기를 하느냐고 친구가 말했다. 내 메시지를 얼핏 보고, "여기서 공부 중인 우리 또래는 죄"라고 본 것이다. 펜 긋는 소리뿐인 도서관에서 속으로 한참 웃다가 문득, 정말 그런가, 고개를 들고 생각했다. 열람실은 사람들 마음속에서 터지는 폭격 소리로 시끄러웠다. 아직 자신의 자리를 찾지 못한 죄인들의 숨으로 공기가 무거웠다.

투명한 것에게 묻는다

"사람들은 누군가가 여자인지 남자인지 확실히 알지 않으면 불안해서 그래요."

그런 문제는 내게 중요하지 않았다. 오히려 중성적인 목소리 덕분에 눈을 감고 한 번은 소녀를, 한 번은 소년을 상상할 수 있었다. 처음부터 그의 성별(*)을 정확히 알았다면 그의 곡을 느끼는 데 오히려 방해가 되었을지 모른다.

모든 것을 하나하나 짚어가며 알지 않아도 괜찮았다. 연애를 시작할 때 어떤 이들은 최대한 빨리 상대의 모든 순간에 대해 알고 싶어 하지만, 이런 서두름은 종종 불안한 결과를 데려오는 것처럼.

겨울바람이 지나가는 것 같은 목소리를 들으며 이 글을 쓴다. 그의 목소리에는 여자나 남자 대신 사계가 있다. 나는 사계절을 가진 사람들을 사랑한다. 내가 확실한 것만을 좇았다면 그들의 사계절을 느끼기도 전에 하나의 계절을 정해서 그들을 거기에 묶어두고 있었을 것이다.

(*) 지금은 열성 팬이 된 밴드를 처음 알게 되었을 때였다. 그들의 노래는 세상에 막 나오기 시작했고, 어떤 사람들은 그들의 노래보다 성별을 더 알고 싶어 했다.

70년생이 온다

요즘은 40대 아저씨의 "그 시절" 이야기에 푹 빠져 있다. 그가 청춘을 누리던 8, 90년대를 추억하는 이야기이다. 지난 시대 이야기를 꺼내면 옛날 사람이라며 비꼬는 사람들도 있지만, 나는 태어나기 전 이야기가 흥미롭다. 가령 크리스마스가 다가오면 그 시절 길거리엔 테이프를 가득 실은 리어카에서 흘러나오는 캐럴을 어디서든 들을 수 있었고, "길보드 차트"라는 단어도 있었다고 한다. 길거리에서 크리스마스 분위기를 전혀 느낄 수 없는 지금으로서는 그 낭만이 부럽다.

이런 일화도 있다. 휴대폰이 대중화되기 전에 휴대폰을 산 그는, 과시하기 위해 항상 바지 뒷주머니에 휴대폰을 넣었고 지하철에서 전화를 받으면 모든 승객의 시선을 받았다. 배터리는 얇은 것과 두꺼운 것으로 두 종류가 있었는데 두꺼운 것을 장착하면 휴대폰 두께가 거의 두 배가 되었다. 누군가 부러워하며 휴대폰을 빌려달라고 하면 그는 "용건만 간단히!"라고 말하며 건네주었다. 한없이 진지

한 표정으로 용건만 간단히 하라는 것에게서 웃음
이 터졌는데, 당시엔 모든 공중전화에 "용건만 간단
히"라고 쓰여 있었다고 한다.

세상은 멈추지 않고 새로운 것들을 내놓느라 낭
만을 놓친다. 시간을 거꾸로 돌릴수록 보물은 더 많
다. 지금은 언제든 음악을 스트리밍할 수 있지만, 예
전에는 라디오에서 곡을 틀어줄 때, 타이밍에 맞춰
녹음한 나만의 믹스테이프를 만들었다고 한다. 그
렇게 만든 테이프를 좋아하는 사람에게 선물하기도
했다고 하니, 그야말로 정성과 로맨스를 다 갖춘 선
물이다.

그 시절이라고 해서 항상 설레는 추억만 있는
것은 아니다. 누군가에게는 상처로 기억되는 시간
일 수 있다. 아빠는 초등학교 입학도 전에 아버지를
잃었다. 가장이 된 할머니는 우선 할아버지가 운영
하시던 서점을 맡게 되었다. 어느 날 고학생이 찾아
와서 두꺼운 사전을 내밀었다. 집에 가야 하는데 돈
이 없어서, 이 사전을 맡기고 차비를 빌릴 수 있냐는
것이다. 방학이 끝나면 다시 돌아와 차비를 갚고 사
전을 찾아갈 것을 약속했다. 할머니는 차비를 빌려
주었지만 며칠 뒤 찾아온 것은 경찰이었다. 그 사전
은 장물이라는 말과 함께. 이 사건으로 할머니는 재

판까지 받게 된다. 하루아침에 남편 없이 세 아이를 키워야 하는 고된 상황에서도 선을 베풀었지만 돌아온 것은 악이었다.

　삼 남매와 할머니가 흩어지지 않고 살아가기 위해 어떤 고생을 했는지 듣긴 했지만 전부 알 수는 없다. 내가 태어나기 전의 시간을 낭만이라고 칭할 때 누군가는 그것을 가난이라 부를 수도 있다. 그 시대를 아빠가 가난으로 기억한다면 나는 그 안에서 낭만을 찾아 각색해볼 것이다. 직접 겪어보지도 않은 일을 내가 추억으로 착각하는 것처럼, 아빠가 상처를 낭만으로 착각할 수 있으면 좋을 것이다. 살아보지 않은 시간에서 나는 무엇을 발견하게 될까.

인간들의 사정이 어떻든, 바다 안은 고요했다. 예쁘고 차가웠던 10월의 울진 바다 안에서 우리들은 분주했다. 1m 앞도 보이지 않는 시야에 속아, 홀로 남았다는 공포를 느낀 사람이 해수면으로 올라갔다. 또 다른 사람은 과호흡으로 인해 공기가 부족하여 해수면으로 올라갔다. 나는 내 의식과 싸우고 있었다. 바닷물이 너무 차서 찢어진 슈트와 장갑 사이로 얼음을 붓는 듯했다.

바닷속에서 우리는 마지막 테스트를 진행하고 있었다. 나침반을 보며 사라진 강사를 찾았지만 사라진 그는 나타나지 않았고 남은 강사들끼리 주고받는 혼란한 수신호가 보였다. 바늘이 거의 0을 가리키고 있는 내 공기통의 게이지도 보였다. 무언가 잘못되었고, 우린 바다 30m 아래에 있었다.

머리가 아프고 눈앞이 흐릿해져 갔다. 강사들이 동그란 대형을 만들고 바닥에 무릎을 꿇는다. 나도 덩달아 무릎을 꿇으니 모두가 팔짱을 껴서 하나로 엮는다. 배운 적 없는 자세였다.

졸린 혹은 취한 기분. 몽롱한 와중에 정신 차려야 한다는 외침이 속에서부터 들렸다. 우리는 땅을 차고 일어나 해수면을 향해 올라갔다. 그런데 강사들이 우리를 뱅뱅 돌리는 건가? 동그란 우리가 동그랗게 돌았다. 점점 더 빨리, 다른 차원으로 빨려가는 것처럼 돌았다. 고개를 드니 햇빛이 물을 뚫고 들어오는 게 보였다. 수면이 가까운 것 같은데 우린 같은 자리에 멈춰있었다. 이 사람들과 함께 죽는 건지, 지금 하늘로 올라가는 건지, 답답하고 숨이 안 쉬어지는 걸 보면 아직 살아있는 건지, 어지러웠다. 의식이 끊어질 듯 가늘게 흐느적거렸다.

푸하, 물 밖으로 올라오자마자 BCD(*)에, 그리고 내 폐에 공기를 밀어 넣었다. 쓸모없어진 호흡기는 뱉어버렸다. 의식이 순식간에 날카로워졌다. 코피 흘리며 넋이 나간 옆 사람을 끌고 보트로 헤엄쳤다.

그날 겪은 것은 질소중독이었다. 깊이 잠수해서 고압의 공기를 마시다가 몸 안에 질소가 급증해서 일어나는 일종의 마취 상태라고 한다. 만취된 것 같고 판단을 할 수 없어 생명이 위험해진다고 하니 꽤 위급 상황이었던 것이다. 하지만 어떤 다이버들은 일부러 질소 중독을 즐긴다는 말을 들었다. 베트남에 가면 다들 해피 벌룬이라는 걸 한다는데, 그것도 질소를 잔뜩 마셔 취하는 걸 즐기는 것이다. 죽음과 쾌락은 한 끗 차이였다.

　　며칠 후 어드밴스드 스쿠버 다이버 자격증을 받았다. 그날 나는 바다의 시험을 받았던 것 같다. 다시 들어간 바다는 따뜻했고 멀리까지도 잘 보였다. 질소 중독이라는 의식을 받고 나는 바다의 품으로 들어갔다. 물고기들이 손가락을 살짝 물면서 장난치고, 그들이 헤엄치는 방향으로 함께 헤엄치고, 보호색 속에 숨은 생물을 발견했다. 그곳은 다른 세계였다.

　　그동안 나는 뭍에 집중하며 살았다. 뭍밖엔 물속이 있었다. 뒤집힌 세계에 조심스레 들어간다. 숨만으로도 취할 수 있는 곳으로.

(*) BCD : 부력조절기

내게 새로운 상처를 줘

나는 회피형이다. 매년 한두 달씩은 메신저를 지우거나 휴대폰을 꺼두고 집을 나섰다. 나에게 상처받았거나 실망한 사람들에게 그저 미안했다. 상처 주는 것에 질려, 버겁더라도 성격을 고치고 싶었다. 도망치는 것을 그만해야 할 것 같은데 어떻게 하는 거냐고 의사 선생님에게 물었다. 선생님은 고치지 않아도 괜찮다고 말씀하셨다. 나의 무의식이 살아남기 위해 택한 방법일 거라고 했다. 내가 살아남는 것과 타인에게 상처 주지 않는 것 중 무엇을 택해야 할지 고민되었다.

차츰 버릇을 고쳐갔다. 혼자 있는 시간이 필요하면 한동안 연락이 안 될 거라고 미리 양해를 구했다. 나를 이해해 주는 사람들이 곁에 남았다. 새로 사귄 사람들도 있었다. 사람들을 몇 가지 유형으로 분류할 수 없듯, 그중에는 낯선 유형의 사람이 있었다. 그는 어디선가 상처를 받고 와선 자주 내 앞에 꺼내놓았다. 언제 어디서나 쉽게 상처를 주워왔다. 자신이 얼마나 불쌍한지 설명하는 데에 시간을 들였다. 나의 관심이 조금이라도 뜸해지면 그는 말했다.

"너도 변하는구나. 괜찮아. 너도 결국 다를 거 없었어."

그런 게 아니라고, 너는 여전히 내게 소중한 친구라고 말해도 소용없었다. 그는 새로운 흉터를 원하는 것 같았다. 자기 연민에 빠진 사람들은 무의식적으로 상처받기를 원한다고 한다. 상처를 받아야 자신을 불쌍히 여길 수 있기 때문이다. 그가 멋대로 생각하도록 둘 수는 없었다. 그에게 상처 주고 싶지 않았고, 나에게 실망했다는 진부한 푸념도 듣고 싶지 않았다. 그의 곁에 있어 주었던 건 겨우 그런 이유에서였다. 어떤 관계는 이렇게 흘러간다. 상처를 받으려 애쓰는 사람과 상처 주기 싫어 기 쓰는 사람의 줄다리기. 요즘 서점에는 인간관계를 위한 책들로 쏟아지던데, 이런 관계도 연습을 하면 나아질까. 상처받지 않는 방법에 대한 이야기는 넘쳐나지만, 상처를 원하는 사람에 대해선 어디에서 배워야 할까.

철새

그해 겨울, 영종대교를 건널 때마다 한 무리의 철새
가 떠나가는 것을 보았다. 때 되면 날아가는 것에도
용기가 필요한 일인지 궁금했다. 그렇다면 나는 철
새로 태어나면 안 될 것 같았다. 내가 떠날 때는 겨
우 도망치고 싶을 때뿐이었다. 철새가 된다면 아마
날지 못하고 이 땅에 붙어버릴 것이다.

홀쩍 떠나는 나를 보고 누군가는 용기 있다고
했지만 사실은 겁이 많아 가능한 일이었다. 치열하
게 경쟁하는 것도, 경쟁 속에서 살아남는 것도 자신
이 없었다. 여행지에서 사귄 사람들의 메일 주소를
받아두지 않는 것도 이와 비슷했다. 뜸해지는 연락
에 멀어지느니 즐거웠던 기억만 간직하며 그리워하
는 편이 나았다. 물론 이것은 비겁한 태도이다. 상처
받는 게 두려워 애초에 회피를 택하는 비겁함.

여름이 오면 나는 다시 떠날 것인데, 그건 내가
아직 극복하지 못한 두려움 때문일 것이다. 하지만
이번에는 비겁해지지 않으려고 한다. 나눠준 정이
돌아오지 않더라도 새로 만난 사람들에게 편지 쓸

주소를 물을 것이다.

집을 어깨에 메고 애써 떠나는 이유가 겨우 도피라고 할지라도, 이제는 괜찮을 것 같다. 어쩌면 철새도 끊임없이 위협으로부터 도피하고 있는 게 아닌가. 그곳에서도 바람은 찼고 배가 고팠다. 도망쳤다고 믿은 곳에서도 생을 다 하고 있었다.

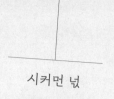

시커먼 넋

어느 날 할머니의 혀가 까맣게 변했다. 현재 병원에서는 원인을 찾을 수 없다고 하여 상급병원의 응급실을 찾았다.

할머니는 뇌출혈로 십 년이 넘게 병상에 계셨다. 아무것도 씹어 삼키지 못하고 몸을 움직이지 못하고 가족들의 얼굴을 알아보지 못한 채로 그렇게, 누워계셨다.

가끔은 정신을 찾으셨다. 입술은 움직이지 못해도 눈빛이 말했다. 가족들에게 반가움을 느낄 때도 있었지만 고통에 눈물을 흘리기도 하셨다. 흐르는 눈물보다 보기 힘든 건, 텅 빈 눈동자였다. 눈빛에서 포기나 체념이 느껴질 때면 나는 슬픔이나 안타까움 같은 감정을 떠나 괴로웠다.

나는 할머니가 특별히 예뻐하던 손녀였다. 가장 먼저 본 손주라서 그렇다. 그런데도 나는 병원을 잘 찾지 않았다. 언젠가부터는 할머니가 나를 알아보실까 봐 더럭 겁이 나기까지 했다. 할머니가 아프기 전 나는 사춘기였다. 당신의 사랑을 삐딱하게 받아

쳤던 기억보다 날 괴롭히는 건 당신을 창피하게 여기던 순간들이다. 할머니는 다시 일어나서 내가 그 시간을 만회할 기회를 줘야 했다. 할머니가 누워있는 시간이 길어질수록 나는 벌을 받는 것 같았다. 당신의 무조건적인 사랑이 나에겐 죄책감이었다. 명절이 아니면 얼굴도 잘 비추지 않는다며 나를 원망하실까. 아니면 여전히 품는 마음으로 나를 사랑하실까.

홀로 병원을 찾은 적이 있다. 직접 전하고 싶은 기쁜 소식이 있었지만 입술이 잘 떨어지지 않았다. 말 없는 나를 물끄러미 바라보기만 하는 당신이 서운하다. 손녀딸을 알아보는 것인지 아닌지도 몰라서 서운하다. 언제까지 누워있을 것인지, 나만 앉아있는 것이 죄송해서 당신에게 또 한 번 서운하다. 말을 하는 대신 당신의 손을 잡았다. 사랑하는 사람에 대해 차라리 모르고 싶을 때가 있다. 어떻게 아픈 건지, 얼마나 힘든 건지 알기가 두렵다.

10여 년 동안 할머니의 세계는 병실 안이었다. 그것으로 이미 죽음이었을지 모른다. 몸의 한구석을 움직이기도 힘든 당신이 최선을 다해 혀를 무는 장면은 내가 감당하기 힘든 몸부림이었다. 할머니가 이제 그만 돌아가시게 해달라는 시커먼 기도를 나는 해야 하는 걸까. 당신의 절망이 끝나기를 기도했다. 그리고 내가 당신의 사랑을 두려워하지 않게 해달라는 기도를 그 위에 올려놓았다.

어떤 사랑은 감당할 수 없게 광포한 모습으로 내 앞에 나타났다.

식탁에 둘러앉아 가족들과 먹는 저녁. 밥 지은 냄새
가 나는 식탁에 함께 앉아 있을 때 목구멍으로 어떤
말이 울컥울컥 올라오기도 한다. 한 번도 뱉은 적은
없다.

몇 해 전 서울 광장에서 했던 퀴어 문화 축제에 다녀
왔다. 성 소수자 부모 모임이라는 작은 부스가 있었
다. 천 원을 주고 "성 소수자 자녀를 둔 부모 가이드
북"을 샀다. 우리 부모님 나이쯤으로 보이시는 분들
이 부스를 지키고 있었는데, 그곳에서 쉽게 볼 수 있
는 연령대는 아니었다. 그들은 게이, 바이섹슈얼, 트
랜스젠더 자녀를 둔 부모들이었다. 내게 책자를 건
네주시며 말씀하셨다. 식탁에 쓱— 올려놓고 외출
하라고. 그 말에 같이 웃긴 했지만, 그렇게 할 수 있
는 사람은 거의 없을 거란 걸 우리는 알고 있었다.
책자는 상자 깊숙이 숨어 있다가 일 년 후 버려졌다.

부모님께 커밍아웃하는 것은 그들 가슴에 못 박는

일이라고 들어왔다. 나는 잘 모르겠다. 부모가 나를 영원히 모르고 산다는 게 정말로 가족일까 하는 생각이 든다. 누가 누굴 상처 주고 하는 것을 떠나서, 하기야 내가 사랑하는 것이 왜 남에게는 상처가 될까 하는 것인지, 나는 잘 모르겠다.

사랑하는 것은 사랑하는 것인데, 내가 하는 사랑은 왜 상처고, 잘못이고, 심지어 더러운 것이라고 말할까. 사랑에 지저분한 사랑도 있나. 그런 구분은 나에겐 어려운 것이다.

내가 누군가를 좋아하는 것은 손바닥으로 그 부분만 가릴 수 있는 구멍 같은 게 아니었다. 그것은 내 과거의 기억과 현재의 선택과 미래의 계획까지 전부 이어져 있고, 그것을 감추려 할수록 수많은 거짓이 태어났다. 진심으로 말하건대, 나는 거짓이 거짓을 낳는 말들이 싫다. 하지만 평범하게 살아가기 위해서 나는 거짓말을 해야 했다. 그 결과 조금은 평범한 딸이나 친구나 학생이 될 수 있었는지는 모르겠지만 나는 나를 좋아할 수가 없었다. 자꾸 거짓말을 하는 사람을.

언젠가 가족들에게 나를 드러낼 수 있을까. 커밍아

웃했다간 집에서 쫓겨날 수 있으니 경제적 독립이 가능할 때까지 기다리란 조언을 수도 없이 들었다. 사람을 사귀고 어떤 집단에 속하고, 그렇게 새로운 관계를 만들어갈 때마다 언제든 이들에게 버려질 수 있다는 생각을 그만할 수 있을까. 동성애는 죄악이라고 말하는 친구에게 아마 그 정도는 아닐 거라고 말할 수 있을까. 누군가를 사랑하기 시작할 때 한 사람을 정해두고 오늘부터 사랑해야지, 하지 않듯이, 나도 그렇다고 말할 수 있을까.

── 못할 것이다. 어떤 말은 자꾸만 내 입속으로 숨어들었다. 그럴수록 커지는 나의 구멍으로 상처와 거짓이 고름처럼 쏟아진다. 그러면 글로 써볼까. 상당수는 글을 덮고 떠나겠지만 나는 그저 멀어졌다 여길 수 있지 않을까. 적어도 거짓말은 멈출 수 있지 않을까. 둘러앉은 식탁에서 목구멍으로 울컥 넘어오는 말을 삼키지 않아도 괜찮을 것이다. 그때에도 그들과 먹는 밥이 여전히 따뜻할까.

나란히 앉은 좌석버스 안 어깨 위로 기울어지는 당신의 무게, 손등에 기댄 고양이의 졸음, 구름을 딛고 선 볕으로 한순간 환해지는 운동장, 머리를 넘길 때 어깨선을 따라 드러나는 목덜미, 편지 봉투를 봉한 스티커를 살살 긁어내는 소리, 당신 없이도 당신이 보이는 익숙한 글씨체, 찬물에 헹군 국수를 덜어내는 두툼한 손가락, 높은 곳에서 바라다보는 저 아래 작은 세상, 먼 곳을 바라보는 작은 짐승의 작은 뒤통수, 반복되는 꿈에서 깨어난 오후, 오늘이 그의 생일이란 것이 문득 떠오른 순간, 화면 위로 뜨는 저장되지 않은 익숙한 번호, 천천히 끌러지는 앞자락, 불안하게 낯익은 통증, 몸속까지 후벼 드는 칼바람, 운구 행렬 사이로 흩날리는 꽃잎, 겨우 잠이 든 당신의 작은 기척, 제 몸집보다 더 크게 떨고 있는 그림자, 죄 없이도 시선을 피하게 되는 시선, 눈 감아도 사라지지 않는 깊은 눈의 잔상, 형체가 없어 막을 수도 없는 당신의 울음소리.

90

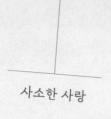

사소한 사랑

너를 향한 나의 사랑을 치장하지 않는다

이것은 애써 만들지 않은 감정

우리가 두어 칸쯤 떨어져 앉아있는 것처럼

그저 그렇게 자연스러운 것

나무가 계절을 따라

어깨 위 무거운 잎들을 내려놓듯이

다시 제 팔에 푸른 이파리들을 피우듯이

너를 향한 나의 사랑도 그렇다

당신이 떠나고 처음 맞는 당신의 생일입니다. 이곳
의 기일이 그곳에서는 생일인가요, 당신에게 묻고
싶습니다. 일 년 가까이 시간이 지나는 동안 나의 소
식은 계속 바뀌었습니다. 당신에게 하고 싶은 말이
너무 많아서 목울대가 두껍게 아파져 옵니다. 갈 곳
없는 말들은 어디로 보내야 하나요. 혼자 알아가야
할 것만 많아집니다. 당신은 시간을 들여 내게 죽음
을 가르치네요.

　　당신은 이제 허공 같아서 나는 자꾸만 고개를
듭니다. 겨울의 앙상한 나무를 보면 말라버린 다리
가 생각나요, 떨구어진 고개가 생각나요. 하지만 당
신은 따뜻한 봄에 갔습니다. 피어난 벚꽃을 보려고
커튼을 걷었습니다. 병실 안에서 꽃을 보는 당신의
딸과 자매와 조카가 불쌍했는지 당신은 그날 떠나
기로 했습니다. 사흘 지나 집으로 가던 길 반대편에
서 나에게 다가온 건 따뜻한 허공이었고 그 위로는
연해진 벚꽃이 흐드러졌습니다.

현실의 저 반대편

"자고 나면 괜찮아"라는 말을 하도 해서 그게 나의 만병통치약이냐는 농담을 듣기도 했다. 몸이 아프거나 맘이 울컥할 때도 자고 나면 한결 나았다. 잠이 들면 어떤 형태든 꼭 꿈을 꿨는데, 그렇게 다른 세계에 한 번 다녀오면 현실의 아픔이 조금 멀게 느껴지기도 했다. 푹 자는 것보다 얕은 잠에서 꿈을 여기저기 돌아다니는 게 좋았다. 꿈속에서 만난 사람들이 다른 세계의 일을 귀띔해 준 것이나 꿈의 내용이 묘하게 연관된 것을 생각해보면 꿈은 다른 세계를 연결해 주는 통로라는 말도 그럴싸하다.

사람은 동시에 두 가지 인생을 살고 있지만 둘은 서로의 존재를 모르고, 꿈속에서만 서로의 삶을 들여다본다는 엉뚱한 상상을 한다. 또 다른 내가 꾸는 꿈에선 나의 현실을 보고, 내 꿈에선 그의 현실을 보는 것이다. 아마 그가 지금 꿈을 꾸고 있다면 턱을 괴고 하얀색 펜을 끄적이는 내가 보일 것이다. 지루한 꿈일지도 모르겠다.

적어 놓은 꿈도 많다. 보고 싶은 사람이 나왔거

나 행복했던 꿈 외에도 악몽을 적어놓기도 한다. 좋았던 꿈에는 몇 년째 고정적으로 나오는 사람이 있다. 그쪽의 나와 이쪽의 내가 같은 사람을 좋아하고 있다는 것은 조금 뜻밖이다. 그 사람이 나온 꿈 중에는 "그 순간 나의 마음은 태양 아래 아이스크림처럼 뚝뚝 녹는 것 같았다"라고 적힌 글이 있었고 "행복이 기준치를 넘어섰는지, 여기서 꿈이 깨버리고 말았다"라는 문장으로 끝나는 것도 있었다.

보고 싶은 사람을 보기 위해 꿈을 이용하기도 했다. 얼굴이 잘 떠오르지 않아도 그 이름을 반복하다가 잠들면 잊었던 얼굴이 다시 나타났다. 오늘은 저녁에 친구 셋을 만나 가볍게 한잔하기로 했다. 오늘 보는 친구들은 어쩌면 저편의 내가 꿈으로 부른 것일지도 모른다.

다시 잘 준비를 한다. 반대편의 나를 만나러 간다. 이상한 사건을 겪으며 활력을 얻기도 하고 반가운 얼굴을 보며 위로를 받기도 하는 세계. 현실의 정반대에서 정신없이 헤엄치다 보면 무너졌던 기분이나 몸의 컨디션도 제자리를 찾았다. 차라리 눈을 감고 싶던 날들, 꿈속에는 쉴 곳이 있어 다행이었다.

말이 없는 너에게 구걸도 해보았다. 너는 다정스레 내 목 뒤로 튀어나온 뼈를 어루만지고 그 길로 떠났다. 손을 모으고 한두 방울씩 고이는 형광등 빛을 모아 세수를 한다. 창틀 사이로 외풍이 불었다.

누군가는 한 사람의 바닥을 봐야 사랑일 거라고 말했다. 이번에 배운 것을 다음번 사랑에 적용하라고, 그렇게 더 나은 사람이 되는 것이라 했다. 내가 본 것은 너의 바닥일까 천장일까, 그것조차 알지 못했다.

목에서 등으로 이어지는 곡선을 만져보았다. 고개를 숙이면 무덤처럼 튀어나온 곳에 마음이 북적였다. 너를 사랑하는 것을 무언가의 발판으로 삼지 않을 것이다. 더 나은 사람도 되지 않을 것이다. 나와 눈을 맞추던 너도 그랬으면 한다. 돌아보며 어떤 다짐 같은 것을 하지 않았으면 한다. 오히려 나는 조금씩 어리숙해졌다. 네가 기억하는 모습에 오래 머무르고 싶었다.

너의 처음이나 끝을 나는 모른다. 드문드문하게 순간순간을 봤고, 그저 바라보았다.

96

우리는 한번 겨울을 나눴다. 나는 나가서 눈을 던지자 했고 너는 밥을 먹자 했다. 그전까지 겨울은 등딱지 속에 숨어있었는데, 겨울은 푸른 것이었다.

열린 창문으로 폭염이 쏟아지는데 나는 자꾸 한 겨울로 샌다. 찢어진 틈마다 요란한 외풍을 붙잡고 이 시기를 견디어 내야지. 뭉쳐지지 않는 흰 눈이나 모락모락 김이 나는 냄비가 슬퍼 보이지 않을 때까지.

방 안에 굴러다니는 빛을 모은다. 일어나 옷장을 연다. 옷을 입었으나 갈 곳이 없다.

주머니에 넣어뒀던 시간을 몽땅 꺼내서

너에게 쥐여준다

너와 하루를 보내고 나면

며칠 뒤에 반가움이 와

네가 준 일주일 치의 반가움으로

나는 또 일주일을 살고

삶과 나는 닿을 수 없는 거리에 있어

발목까지 푹푹 빠지는 시간의 간극을 너는

아직 베이지 않은 살로 촘촘하게 채워 넣는다

그것은 가벼워도 좋을 것이다

이상한 질문이어도 좋을 것이다

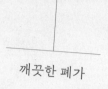

깨끗한 폐가

어릴 때부터 텅 비어있는 건물이 무서웠다. 많은 것을 담겠다는 의지로 지어놓은 건물 크기와는 반대로 넘쳐나는 정적과 공간의 괴리감이 공포를 자아냈다. 사람들이 들어가 있어야 할 방들이 붕 떠 있는 것 같아 소름이 돋았다. 누군가가 들어가서 자신의 무게로 눌러줘야 할 것 같았다.

기숙사는 학기가 끝나면 서둘러 학생들을 토해냈다. 한 번은 그 흐름에 합류하지 못하고 일주일 정도 홀로 기숙사에 남아있었다. 어느 방도 문틈 사이로 불이 새어 나오지 않았고 어떤 움직임도 들려오지 않았다. 빈 건물이 주는 위압감은 화장실에 갈 때 가장 컸는데, 씻으려고 눈을 감으면 이상한 느낌이 들어서 자꾸만 눈을 뜨게 되었다.

이런 두려움이 있으면서도 폐가나 폐건물에 찾아가는 나를 친구들은 이해하지 못했다. 하지만 살아있는 건물이 비어있는 것과 이미 죽어버린 건물은 완전히 다르다. 폐가나 폐건물은 무섭지 않다. 한때는 자랑스럽게 세워졌을 건물이고 식구들이 드나

들던 집이었을 것이다. 사람이 늙으면 다시 어린아이의 모습으로 돌아가듯, 폐건물은 처음 지어졌던 시절을 닮아있다. 건물도 제 삶을 사는 것이다. 다만 폐건물도 아닌 것이 텅 비어 있으면 뭔가 뒤틀린 것 같아 두렵다.

서울에서는 폐건물을 찾아보기 어렵다. 어딜 가든 작은 틈마저 주인이 있다. 비싼 땅에 폐건물은 없지만, 일정한 시간이 되면 사람들이 가득 고였다가 다시 빠져나가 어둠만이 남는 건물이 가득하다. 내가 무서워하는 것은 바로 그런 것이다.

생각해보면 나는 자연스럽지 않은 모습에 겁을 먹었던 것 같다. 가령, 사람을 어설프게 닮은 인형 같은 것이 소름 끼치게 싫다. 사람 없는 깨끗한 건물도 비슷했다. 그에 비하면 산속에 버려진 폐가는 자연스러운 풍경이었다. 앞으로 만나게 될 수많은 부자연스러움에 대하여 생각한다. 나는 언제까지고 그런 것들에 취약할 것 같다. 언제까지고 그런 것들을 보며 당황하고 싶다. 같이 폐가를 가겠다는 친구는 여전히 없지만, 버려진 자연스러움을 계속해서 찾아가고 싶다. 시간이 지나 약해진 것들을 나의 시간 속에 새길 것이다.

죽은 자의 온기가 남아있습니다

인간은 태어날 때 모두 비슷한 모습이지만 죽을 때는 다르다. 고등학교 시절 나는 자살론 같은 책과 죽음에 관한 영화를 골라봤다. 죽음이 늘 슬프고 무겁기만 한 건 아닐 것이다. 그것은 사람에게 마지막으로 주어진 모험이라고 오래 생각해왔다. '모험'이라는 단어가 풍기는 분위기가 으레 그렇듯, 내게는 기대가 되기도 했다. 죽음을 기대한다는 말이 이상하게 들리지만 이런 태도는 오히려 나를 자유롭게 했다. 살아있는 상태에서 사람은 언제든 자신의 무대를 바꿀 수 있지만 죽음은 그의 마지막 장면이다. 선택의 갈림길에 섰을 때, 이게 나의 마지막 장면이 될지도 모른다고 생각하면 가장 후회하지 않을 만한 선택을 하게 되었다.

다양한 형태의 죽음을 찾아보다가 우연히 죽은 자의 흔적을 처리하는 사람의 글을 읽게 되었다. 고독사, 교통사고, 살인사건 현장 등을 정리하는 사람이었다. 그는 자신을 까마귀라고 불렀다. 작업 전후 사진이 글과 함께 올라와 있었다. 고독사한 누군가가 머물던 방의 사진에는 어떤 금이 그어져 있었다. 여기까지는 살았고 여기서부터는 죽었습니다, 하는. 때로는 물 대신 술을 마신 것 같은 좌상이 있었고 인간의 몸에서 이게 다 나왔나 싶게 많은 피로 덮인 장판이 있었다.

누군가에게 계절의 입김은 더 뜨겁고 더 차갑다. 여름에는 여름에 맞는 죽음이, 겨울에는 겨울에 어울리는 죽음이 있었으나 고독사한 그들은 여름을 봄처럼, 겨울을 가을처럼 났다. 그 집은 벽조차 얇을 것이다. 문틈으로 지나가는 소리마저 얇았을 것이다.

까마귀는 세상에서 가장 외로운 사람들의 마지막을 보았다. 사람들은 모두 이어져 있지만 그들만은 예외였다. 그들이 잡은 끈은 모두 끊어져 있었다. 그들이 가졌던 외로움은 아마 내가 모르는 외로움이며, 앞으로도 알 수 없을 것 같다. 내가 가진 외로움의 농도를 그만큼 짙게 하는 것이 나에게 주어진 숙제 같았다. 혼자서 감내할 수 없는 고독을 안고 떠난 이들에게 나는 무언가 빚진 기분이 들어 어깨가 무겁다. 뭔가를 갚아야 할 것 같은 기분이다.

내게 닥쳐올 죽음에 관해서는 냉정하지만 타인의 죽음 앞에서 나는 한없이 무너진다. J가 죽었다는 소식을 들었을 때도 그랬다. J의 미소엔 무엇을 갖다 붙여도 잘 어울렸는데, 하며 나는 며칠을 울었다. 올해는 벚꽃과 목련이 가을에 피었다. 이는 두 계절 앞선 시기였다. 두 개의 태풍이 지나간 후 나무들이 생명의 위협을 느껴서란다. 그러면 내년 봄은 어떻게 될까. 벚꽃과 목련 없이 봄이 올 수 있을까. 이 꽃이 지기 전에 나는 눈을 감고 J가 죽는 날 아침에 그를 찾아가는 꿈을 꿀 것이다. 위협은 가짜였다고, 봄까지 기다려도 된다고, 미리 꽃피울 필요가 없다고 말해줄 것이다.

어떤 죽음을 맞을 것인가 하는 생각을 나는 자주 한다. 어떠한 경계도 만들고 싶지 않다. 살듯이 죽고, 죽듯이 살고 싶다. 허망하진 않지만 고독할 것이다. 고독이 너무 커져서 까맣게 내 몸을 덮는 날이 오면 긴 꿈에서 깨어나 추위에 떨지도 모른다. 비로소 어깨가 제 무게를 되찾을 것이다. 가을에 떠난 J에게 봄의 목련을 안겨줄 것이다.

시간이 지나도 나를 툭툭 치는 말들이 있다. 그 말들을 쌓아놓을 자리를 마음 한 켠에 마련해둔다. 내 안제일 밑바닥에서부터 차근히 쌓인다.

　얼마 전 별을 보러 떠난 여행에서도 한 문장을삼켰다. 별빛은 두 눈에 가득 찼지만 카메라에는 담기지 않았다. 아무리 도시에서 멀어졌다 해도, 사람들이 모이면 인공의 빛을 만들어 냈다. 밤에도 샤워를 할 수 있게, 어둠 속에서도 침낭을 찾아갈 수 있게 불을 밝혔다. 그 빛에 별은 눈을 감았다.

　"별과 나 사이가 밝으면 안 돼."

　그날 내게 들어온 문장이다.

　우리가 헤어지기로 한 날, 너는 편지를 써왔다.편지에는 연애가 시작된 날부터 끝이 나는 오늘까지가 담겨있었다. 거기엔 내가 몰랐던 너의 감정이있었고 우리가 좋았던, 혹은 멀어지던 상황들이 쓰여 있었다. 이제는 추억이 될 짧은 연애소설이었다.

104

우리도 별과 어둠의 관계와 비슷했다. 우리 사이에 어떤 빛이 끼어들면 안 돼. 완벽한 어둠 속에서면 너를 똑바로 볼 수 있었다. 처음엔 주변이 온통 깜깜해서 네가 잘 보였다. 시간이 지나면서 우리 사이에는 갖가지 불빛이 생겨났다. 우리를 위한 빛이란 착각 속에서 서로의 시선은 분산되어 갔다. 연인의 마지막 대화는 일방적이었다. 너는 계속 묻고 나는 겨우 답한다. 어쩌면 내가 켰던 불을, 너는 애써 두 손으로 막고 있었는지도 모른다.

밤이 오면 벌레는 우리 숙소 안 등불을 향해 쉬지 않고 몸을 부딪쳤다. 어둠이 더 짙어지면, 이번엔 우리 인간들이 별빛을 향해 모여들었다. 바닥에 돗자리를 깔고 누워 별을 보았다. 그 희미한 빛 뒤에 모습을 감추고 있던 것이 이별이라는 것을 알았다면 그때의 별들은 울먹이고 있었을까. 너에게 어떤 식으로 이 밤하늘을 전해줄지 고민하는 대신, 내 안에 쌓인 너의 문장들을 곱씹었을 것이다. 이제는 더 이상 커지지 않을 그 문장의 방, 그 먼지 쌓일 문장들을 가늠해본다.

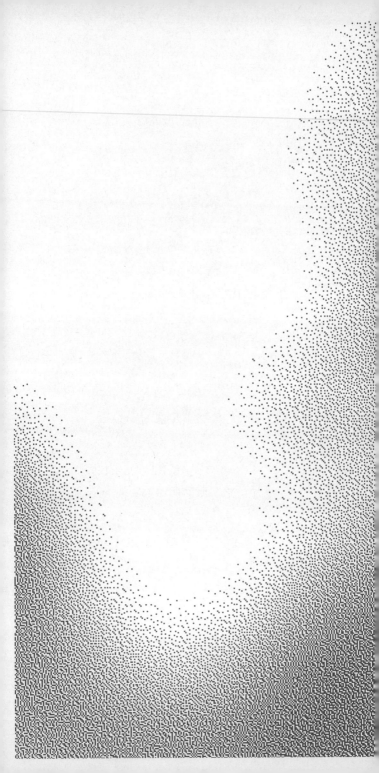

폭설

네가 하는 말의 끝을 두 손 가득 쥐었다
길거리에 흩어진 안녕이란 말에
아슬아슬하게 매달리고
사랑했다는 말과 함께 추락했다
색이 바랜 말들은 처음보다 더한 무게로
나를 짓눌렀다

우리 반에는 커플이 있었다. 선생님은 둘을 불러다 놓고 말했다. 모두 한때라고. 대학만 가보라고. 지금 서로가 좋은 것 같지? 그런 애들이 제일 먼저 결혼한다, 했다. 그 애들이 들은 말이 남의 일 같지 않았다.

　친구가 나 없는 자리에서 내 걱정을 했다고 한다. 그 말은 돌고 돌아 나에게도 도착했다. 나의 그런 상태는 내가 아직 청소년기라서 그럴 거라고, 아직 헤매는 중일 거라고 했다.

　이제 나는 성인이다. 바꿀 수 없는 것이라 나는 말했고 시간을 두고 보자고 사람들은 말했다. 나는 그게 두려웠다. 이것은 어떤 성장통이나 방황이 아니었다. 쥐고 있다가 버릴 수 있는 게 아니었다.

　처음에는 이게 뭔지 몰랐다. 가르쳐주는 사람이 없어서 알아서 배워야 했는데, 제일 처음 배운 것은 나를 숨겨야 한다는 것이었다. 비가 오면 비를 맞고 바람이 오면 바람을 맞았지만 나는 여자를 좋아해서는 안 됐다. 적어도 사람들은 그렇게 믿어야 했다. 내 혀는 자꾸만 검게 변하는데 머리는 젖지 않아 나는 계속 고장 났다.

아니라는 대답만 하다가 열여덟이 되었다. 아니라고, 나는 아니라고. 부정이 있는 곳에 애정이 있을 리 없었다. 거울을 보는 게 싫었다. 매일 앉던 책상 위에는 오래된 메모지가 있었다. 한 장씩 뜯어 단상을 적었다. 바둑판 모양 점선이 그어진 메모지 윗부분엔 날짜를 적을 수 있는 칸이 있었다. 연도를 적는 곳에는 마치 2000년대는 오지 않는다는 듯, 199_가 프린트되어 있었다. 나는 꼭 그 메모지에 글자를 적었다.

사랑하는 것을 말하는 건 금지였다. 말하지 못하는 것을 나는 메모지에 썼다. 세상이 찬미하는 것처럼 사랑이 좋은 것만은 아니라고, 사랑이 내게 말했다. 수학여행에 우리끼리 남은 밤, 동성애자가 주제로 떠오른 적이 있었다. 누군가는 돌로 쳐야 한다고 했다. 누군가는 머리에 풍선 같은 것을 씌워서 그들끼리만 숨을 쉬게 해야 한다고 했다. 누군가는 성적으로 타락한 사람들이라고 했다. 인터넷에서 보던 댓글과 크게 다를 건 없었다. 하지만 그 얘기를 좀 더 커서 들었으면 좋았을 것이다.

어떤 이들에게 나는 질병이고 낭비이며 죄악이다. 나는 너무 많이 떨어져서 이제 올라갈 일만 남았

109

다고 믿고 싶었다. 사람들은 나를 절반만 보면서 사랑하고 축복한다고 했다. 땅을 파서 내 절반을 묻어버리고, 그렇게 영원할 수도 있었다. 하지만 땅에 묻힌 내가 말했다. 절반으로는 안 돼.

눈물로 땅을 굳히지 않는다. 나는 아픈 게 아니니까. 하지만 누운 밤마다 나에게 물었다. 나에게 잘못이 있을까. 창을 열면 숨이 트일까. 새벽 공기가 들어와 나를 누를까. 손을 펴서 손을 포갤까. 연기처럼 흩어질까. 그러면 뭉쳐있던 것들이 탁하고 터질까.

누구의 애인도 아닌 혜원

영화 건축학개론이 개봉하자 다들 첫사랑 이야기를 했다. 우리 모두는 누군가의 첫사랑이었다고, 포스터에 쓰여 있었다. 그걸 보면서 난 혜원을 생각했다. 본인은 모를 것이다. 어른이 되어 다시 만난다면 말해주고 싶었는데, 어디서 어떻게 살고 있을까.

나의 첫사랑은 열세 살에 시작해서 열네 살에 끝났다. 그전에는 누군가를 그런 식으로 좋아해 본 적 없었다. 나와는 학교도 학년도 달라서, 같은 검도장에 다니지 않았다면 마주칠 일이 없었을 것이다. 하지만 우리는 만났다. 혜원은 털털하고 솔직했고, 별로 무서운 게 없어 보였다. 중학생은 교복을 입으니까 더 그렇게 보였다.

처음에는 동경심과 친구로서의 애정이었다. 시간이 지날수록 둘이 있고 싶고 손을 잡고 싶고 우리만 아는 이야기가 더 많아졌으면 했다. 검도장을 다녀오면 꼭 저녁 먹을 시간이었는데, 그를 보고 오면 밥을 먹고 잠들 때까지 기분이 좋았다. 혜원 앞에서는 자꾸만 몸에 힘이 들어가서, 호구를 쓴 그를

111

더 세게 내려치기도 했다. 하지만 그게 아니더라도 초등학생들에겐 좋은 자세보다 세게 치는 것이 자랑이었다. 그에게만 죽도를 살살 휘두르면 좋아하는 것을 들킬 것 같아서 또, 힘이 들어갔다. 그러거나 말거나 내 머리를, 허리를, 손목을 아프지 않게 툭 치고 지나가는 혜원이 좋았다. 나의 손목이나 허리를 그가 더 많이 베어갔으면 했다. 피하지 않고 더 많이 내어주고 싶었다.

나의 시간에서 혜원은 자꾸만 번져갔다. 처음에 내가 내어준 것은 검도장에 있던 시간이었는데 점차 학교에 있을 때도, 주말에도 그가 궁금했다. 혜원은 웃으면 눈이 초승달이 되었다. 가끔 내 어깨나 목에 팔을 감아올 때면 지구가 거꾸로 뒤집힌 것 같았다. 그것만 생각하면 어떤 지루한 길도 금세 걸어갈 수 있었다. 그러다 고등학교 입학을 앞둔 그가 검도장을 그만두었다. 나의 첫사랑은 그렇게 연해져 갔다.

누구에게도 물어볼 수 없어서 인터넷에 물어봤었다. 인터넷에서는 여자가 여자를 좋아하면 안 된다는데 어떻게 해야 혜원을 그만 좋아할 수 있는지 나야말로 알고 싶었다. 그 시절의 나는 혜원과 사귀고 싶어서 혜원의 친구인 남자와 사귀었고 혜원과 문자 하고 싶어서 그의 언니에게 문자를 했다. 답장받을 핸드폰도 없으면서 인터넷으로 문자를 보냈다.

스무 살 어느 날, 옆 동네 카페에 갔을 때였다. 문이 딸랑거리는 소리에 반사적으로 고개를 들었다. 거기에 혜원이 있었다. 나는 그대로 멈추었다. 문틈으로 고개만 살짝 내밀고 친구에게 입 모양으로 무언가 속삭이더니 가버렸다. 그때와 같은 웃음이었다.

'어떤 사람들은 시를 좋아한다'라는 제목의 시가 있다. 시인 자신들을 제외하고 나면 아마 천 명 가운데 두 명 정도가 시를 읽는다고 쓰여 있다. 내가 읽는 글 중에 시가 큰 비중을 차지하진 않지만 나는 시를 읽고 때때로 좋은 시를 필사한다. 왠지 시를 읽는다고 하면 허영심이 있는 것 같거나 대단히 깊이 있는 대화를 시작해야 할 것 같아서 나는 숨어서 시를 읽었다.

시를 읽으며 시인들에게 가장 궁금했던 것은 어떻게 이런 시를 썼느냐, 어디서 영감을 얻느냐 따위가 아닌, 가난을 향해 달려가는 기분은 어떤가 하는 것이다. 내가 아는 시인들은 적어도 등단은 했으니 형편이 조금 나을 것이다. 어쩌면 부자도 있을 것이다. 하지만 대부분의 시인은 그러지 못했다. 시를 쓴다는 것은 분명히 돈 되는 일은 아니었다. 어떤 시에서는 그런 상황이 명백히 드러났다. 온종일 글쓰기에만 몰두한 결과 가난이 재난처럼 들이닥치는 상황이 시에 그려졌다. 누구도 알아주지 않는데도 골방에 틀어박혀 시를 쓰는 그 아집이 궁금했다. 시를 읽으며 그 시인을 그려보는 재미로 한동안 시를 읽었다.

몇 년 사이, 읽기만 하는 사람에서 쓰는 사람으로 나는 바뀌어 있었다. 점차 일기는 수필로, 단상은 시로 변했다. 쓰다 보니 안 좋은 기억이 떨어져 나갔고 좋은 기억은 더 오래 묶어둘 수 있었다. 시인 쉼보르스카가 말한 '천 명 가운데 두 명'이 나라고 생각했는데, 알고 보니 나는 '시인 자신'이었다. 내 이름으로 낸 시집도, 내 시를 읽는 사람도 없지만 시를 쓰는 사람은 시인이다.

세상이 추구하는 바를 등지고 연필을 쥐는 자들은 무엇을 보는가. 그 답을 알 것 같다. 세상에는 금전적 보상이 되는 일이 많지만 마음이 채워지는 일은 흔하지 않다. 사랑하는 일을 하면 마음이 채워졌다. 더 좋은 글을 쓰고 싶다는 욕망과 나의 신념을 시각화하는 일. 그것으로 나는 펜을 잡았다. 내 상상력은 다른 무엇보다 글쓰기라는 행위와 결합할 때 재탄생 되었다. 종이 위에서 하는 창작이 바로 내 영혼을 사용하는 방법이라고 믿는다.

누군가는 학생을 가르치는 일, 누군가는 버려진 동물을 돌보는 일에 애정과 열정을 쏟는다. 동화책

삽화를 그리거나 빈 건물을 철거할 때 살아나는 영혼도 있다. 시인이 아니더라도 얼마든지 그런 사람들은 있다. 다만 시인이 해야 하는 역할은, 사람들이 시대에 잠식되지 않도록 흔들어주고 모든 게 무너져 내리는 것 같을 때는 사람들을 다시 건져 올리는 것이다.

자유롭게 흐르는 생각을 건져 올려 활자로 적어 낸다. 적을 수 있는 것들이 이토록 다양해서 다행이다. 나를 착즙하여 쏟아진 것들을 종이에 예쁘게 담아낸다.

구르던 주사위가 멈추고

주사위 하나로 여행을 간 적이 있다. 여섯 개의 선택지를 종이에 적고 주사위를 굴린다. 그렇게 주사위가 고른 나의 행선지는 대전이었다. 이어서 주사위는 저녁 메뉴와 숙소의 종류와 위치를 정했다. 버스를 타면 몇 번째 정거장에서 내릴지, 다음 행선지는 어디로 할지, 어떤 골목으로 들어갈지, 얼마짜리 물건을 살지, 몇 시에 일어날지. 모든 결정을 주사위에 맡겼다.

딱 하나 주사위에 묻지 않고 간 곳이 있는데, 헌책방이었다. 새로운 도시에 왔으면 그곳의 헌책방은 한번 보고 가야 하지 않겠나 하는 마음으로 시장 안 책방을 찾았지만 아쉽게도 닫혀있었다. 대전에는 노포가 많아서 한 시절 지난 간판들을 구경하는 재미가 있었다. 프랜차이즈 간판이 두세 번 리뉴얼될 동안 여전히 십, 이십 년 전 간판을 달고 장사하는 곳이 많았다. 어릴 때만 봤던, 그래서 오래 잊고 있던 간판들을 보니 새삼 향수에 잠겼다. 와본 적도 없는 곳에서 향수를 느끼다니 희한한 일이다.

삼 일간 수십 번 주사위를 굴리고 여행이 끝났다. 그때 나는 결정할 것이 너무 많아 숨이 막혔다. 잠시 주사위에 결정권을 넘겨버리고, 작정하고 수동적이 되었다. 이따금 타오르는 반항심에 이런 일을 벌인다. 원하는 것을 정해놓지 않아도 괜찮았다. 그저 하얀색 주사위를 믿으며, 주사위가 내놓은 검은 점에 기댔다.

　어서 결정하라고 나를 밀어붙이는 것들에 질리면 다시 주사위를 들고 떠날 것이다. 처음 보는 파도에 배를 띄워보려고 한다. 어떤 모험은 유약한 주인공으로부터 시작되기도 한다.

과거의 나를 존중하는 방식이 있다. 전에 했던 선택을 믿는 것이다. 현재로선 미련해 보일지라도 그때 그런 선택을 한 데엔 합당한 이유가 있었을 거라 믿는다. 당시의 나는 최선을 다했던 것이다.

지금 불안한 결정을 내려야 할 땐 반대로 미래의 나를 다독인다. 시간이 지나면 이 결정을 이해할 수 없을지도 모르겠지만 믿어달라고, 현재로서의 최선이라고. 그렇게 나는 과거와 미래를 연결하여 신뢰의 고리를 만든다.

안개 마을

나는 사람들의 기대에 닿지 못해서 그들의 미움을 샀다. 다분히 슬픈 일이지만 그걸 고쳐낼 재간은 내게 없었다. 나를 오해하도록 둔다. 나의 진심이 아닌 것을 믿고, 다른 사람에게 전하기까지 하는 모습을 지켜본다. 왜 나한테 직접 묻지 못 했냐고 화라도 내야 했던 것일까.

아는 이 한 명 없는 타지에 한동안 살았다. 전라남도 나주는 혁신도시라는 이름을 갖고 있지만 그곳 사람들은 스스로를 섬 주민이라 불렀다. 아침이면 창밖으로 하얀 도화지를 붙여놓은 것처럼 안개가 자욱했다. 안개에 묻혀 도시가 절반쯤 사라지는 일이 흔했다.

본격적인 겨울이 시작되면서 폭설이 내렸다. 이곳은 제설 작업을 잘 하지 않을뿐더러 사람도 적어서, 겨우내 온 동네가 하얗게 변했다. 사람들은 커다란 눈사람을 만들고 아이들은 언덕이다 싶으면 어디서든 썰매를 탔다. 이곳은 어딜 가나 한적한 편이다. 드문 발걸음이 동네를 아름답게 하였다. 나도 내

121

게 있는 사람을 좀 덜기로 한다. 사람이 없다는 게 안정을 주는 슬픈 날이었다.

그 겨울은 쌓인 눈이 깊어서 앞사람의 발자국에 나의 발을 끼워 넣어야만 앞으로 나아갈 수 있었다. 거리를 두려고 해도 다시 사람을 따라가게 되는 모습이 나와 닮은 것도 같았다. 이곳은 안개 때문에 멀리 내다볼 수가 없다. 그래서 움직이는 것들은 더 느리게 간다.

불순물

보고 싶다고 아무리 말해봐야 별수 없을 때, 앞으로 볼 수 없을 것 같은 사람이 보고 싶을 때 나는 속수무책이다. 내 글을 읽게 된다면, 어쩌면 그것을 핑계 삼아 연락 한번 해볼 수도 있겠다.

이런 불순한 의도로 펜을 들기도 한다.

골목을 걷는 내 뒤로 달라붙은 개들이 일곱을 넘었다. 어린아이가 거리의 개들에게 물려 죽었다는 뉴스를 본 지 며칠 되지 않았을 때였다. 나도 사냥의 대상이 될 수 있다는 것을 알았다.

안전하지 않은 것들도 떳떳하게 세상에 나온다는 것을 알았다. 직원도 몇 없고 버려진 기구가 더 많은 놀이공원에 갔었다. 돌아가다가 멈춘 기구에 묶여 얼마간 매달려 있었고, 롤러코스터는 빡빡한 레일을 달리다가 급정거했다. 사람들은 교통사고를 당한 것처럼 뒷목을 잡았다.

길에 그려진 선을 따라 걷고 달리는 것은, 저절로 되는 것이 아니라 규칙을 지키자는 마음이 모인 결과였다는 것을 알았다.

언어를 못 하면 다른 많은 것을 함께 못한다는 것을 알았다.

오토릭샤 기사와 그 동료들에게 협박과 희롱을 당한 적이 있다. 흐느끼며 기숙사로 걸어가는 길에 이 땅에서 나는 혼자라는 것을 알았다. 하지만 울고 있는 나를 안아주고 따뜻한 차를 가져다준 사람도, 인도 사람이었다.

이제 막 공사가 끝나 아직 출입 금지 팻말이 붙어 있는 수영장에 들어갔다. 태풍이 몰고 온 비가 물을 채웠고, 바람 소리에 묻혀 서로의 목소리를 들을 수 없었다. 규칙을 몰래 어기는 즐거움을 알았다.

극장에서 영화를 보던 사람들이 일어나 춤을 추었다. 어쩌면 춤은 언제든 가능한 것일지도 모른다.

카레를 손으로 먹으면 수군거리는 한국인들이 있었다. 그런 소리를 무시하는 법을 배웠고, 그들과는 달리 인도 카레를 먹을 때 손가락 쓰는 방법을 아는 한국인이 되었다.

해가 지면 칠흑같이 어두운 것이 지구 본연의 모습이라는 것을 알았다. 진정 어두운 밤을 보는 것은 행운이라는 것도 알았다.

맨발로 땅을 걸었다. 걷다가 힘들면 누웠다. 아스팔트는 뜨겁고 아팠지만 흙은 부드럽고 촉촉했다. 멍하니 초원을 바라보는 게 좋았다. 양의 울음소리는 아기의 울음소리와 무섭도록 비슷했다. 길이나 초원에 몸을 펼쳐놓던 시간에서 자유를 배웠다.

삶에 많은 질문을 던지던 나이, 나는 인도에 있었다. 그곳에서 만들어진 나를 그 땅에 조금 묻어두었다. 세월이 지났지만 지금도 여전히 국경을 넘고 있다. 언젠가 그 땅에 묻어둔 나를 찾으러 갈 것이다.

호젓이 헤매는 마음을 나누며

잊기 위해서는 먼저
사랑해야 한다

당신이 상처받기를 두려워하는 것은
한 번쯤
사랑에 온전히 몸 담갔기 때문일 것이다

마음은 이곳저곳을 기웃거리는 것
기약 없이 헤매는 것 같지만
다시 당신에게로 돌아오는 것

그때 당신은
사랑보다 상처를 믿을지도 모른다
하지만 펜과 종이도 모르는 사이
울먹이는 마음은 다시 품을 열 것이다

너도 이리 와서 햇빛을 받아라.

　이모는 누워서 잠들지 못했다. 똑바로 누우면 숨이 쉬어지지 않아, 항상 어딘가에 기대어 잤다. 내가 할 수 있는 것은 고작 같이 기대어 있는 것. 눈을 감고 숨을 맞춰보려 해도 이모의 숨은 늘 분주했다.

　그 집 거실엔 빛이 많이도 들었다. 이모는 소파에 기대어 바지를 무릎까지 걷었다. 금세 황금빛 태양이 이모 다리 위로 자리 잡았다. 나도 햇빛 안으로 들어갔다. 우리는 조용히 따뜻해져 갔다. 아픈 사람과 건강한 사람이 아닌, 두 마리의 작은 짐승으로서 빛을 받던 날들이었다. 이모는 어항 안에 살았다. 가습기는 매일같이 일정한 습도로 우리를 적셨다. 나는 그 안에 같이 있다가도 정해진 시간이 되면 물 밖으로 빠져나갔다. 그것이 죄스러웠다.

　몸의 기능이 하나씩 꺼지는 게 어떤 것인지 나는 알지 못한다. 감히 괜찮아질 거라는 말을 할 수 없었다. 내가 선택한 건 잡담이었다. 한 주 동안 있

128

었던 이야기, 회사 상사의 무례한 언행, 기대 중인 여행 계획, 팟캐스트에서 들은 사연, 친구의 친구 이야기까지. 생각나는 말은 뭐든 했다. 당신이 아프다는 것만 빼면 나는 뭐든지 이야기할 수 있었다.

바싹 마른 다리를 안고 내 이야기를 듣던 이모는 자신의 이야기를 해주기도 했다. 어릴 때 할아버지 돈을 훔친 일이나 언니와 싸우다 밥상을 엎은 이야기, 아들딸을 보듬어주고 싶다는 마음이 가득한 이야기까지. 집에 가는 길에 내가 태어나기 전 무럭무럭 피어나던 그의 삶을 그려보았다. 당신이 묻은 것을 오랫동안 이 땅에 붙여놓고 싶었다.

고통은 시간을 느리게 한다. 어항 속 하루는 길었다. 가지 않는 시간을 TV에 주기도 했다. 이모는 세계를 여행하는 프로그램을 자주 봤다. 보면서 나중에 저기에 가자는 말도 했다. 어떤 나라는 선뜻 그러자고 대답했고 어떤 나라는 더 나중으로 미뤘다. 내가 거절했던 건 이모가 어항 밖을 나와 다시 삶 위에서 펄떡일 것이라 생각했기 때문이다. 함께하는 여행이 다가올 미래라고 믿었다. 이룰 수 없는 약속인 줄 알았다면 세계를 다 가자고 했을 것이다.

그 집은 예전처럼 가습기를 내내 틀지 않는다. 폐렴을 데려올까 열지 못했던 창도 자주 열어둔다.

찬바람이 뺨을 스치면 나는 어항 속으로 기어들어가 말라버린 수초에 몸을 기댔다. 아마존에는 물속에만 있으면 익사하는 물고기도 있다고 한다. 공기에 질식할 것 같은 기분이 들어 눈을 감으니 유영하는 듯한 그의 삶이 떠올랐다.

높낮이 없는 들판으로 가득한
이곳
몽골은 내가 걷는 만큼 그 모습을 드러낸다.
구름은 나와 함께 걷는다.
오늘 밤은 별을 얼마나 보여줄는지,
구름은 나타났다가 사라졌다 하며 우리의 마음
을 장난친다.

여행자들은 게르⁽*⁾ 앞에 작은 테이블과 의자
를 두고 저녁상을 준비한다.
느린 바람은 결국 재채기를 불러낸다.
높낮이가 없는 땅은
멀리서 이야기하는 소리도 선명하게 데려온다.
어둠은 별과 벌레를 함께 초대하고
우리는 벌레와 게르를 나누어 쓴다.

풀벌레 소리가 멈추었을 때
구름 움직이는 소리를 들었다.

한국에서 소중한 사람을 보낸 지 얼마 안 되었
을 때였다.

장례식장의 울음은 여전히 시끄럽게 내 손에 고
여 있었는데

움직이는 구름에 같이 떠나보냈다.

시간이 의미를 잃은 이곳

어김없이 찾아오는 낙조만이

묵은 것들을 훌훌 털어낸다.

죽은 것들을 붉게 안아준다.

(*) 게르 : 몽골족의 이동식 집.

도시에서 나고 자란 아이는 풀을 뽑아볼 기회 없이
밟기만 하며 자란다. 나도 그렇게 자랐다. 살면서 몇
번은 도시에서 튕겨 나오기도 했다. 얼마 동안 나는
강 옆에 있는 통나무 오두막에 터를 두었다. 그 집은
묘하게 수평이 안 맞았고 이름 모를 벌레의 나무 갉
아 먹는 소리가 시끄러웠다. 그곳에 살면서 잡초 뽑
는 법을 배웠다. 한평생 풀이 땅에 박히도록 밟기만
했던 나도, 풀을 꺼내 볼 기회가 생긴 것이다. 뙤약
볕과 나 사이에 모자 하나 두고 이것은 죽일 놈, 이
것은 살릴 놈, 하고 풀을 나누고 있었다. 사실 살릴
풀과 죽일 풀이 어떻게 다른지 몰랐으며 제대로 편
가르기를 했는지조차 자신 없었다. 잡초는 방어적
으로 줄기를 날카롭게 세웠다. 모자 밑에서 땀을 줄
줄 흘리며 있는 힘껏 풀과 줄다리기를 했다. 뽑히지
않는 것이 땅의 고집인지, 풀의 고집인지 모를 일이
었다. 온 힘을 다해 씨름했던 기억은 훗날 내가 어딘
가 고장 났다고 느낄 때 꺼내 보는 기도가 되었다.
내가 生으로서 生의 임무를 다 한 일이었다.

다시 도시에 돌아왔다. 전에는 보이지 않던 것들이 보였다. 도시 사람들은 눈앞에 광활한 대지와 살아있는 풀벌레를 두고도 동식물도감을 펼쳐 들었다. 그들은 살아 숨 쉬는 것보다 죽은 활자를 믿었다. 또한, 이름이 없는 것은 믿지 않았다. 부를 이름이 없는 것은 그들에게 존재하지 않는 것이었다. 그들은 그만 도시를 졸업해야 했다.

사람이 드문 곳에 가야 배울 수 있는 것들이 있다. 양과 양을 더하면 구름이 된다는 셈법이나 알몸으로 강물을 헤엄쳐 나갈 때 물이 태우는 간지럼 같은 것. 어쩌면 쓸모가 없는 것을 배운다. 하지만 나를 살게 하는 것은 결국 이런 것들이었다.

세상이 순환할 수 있는 이유는 나에게 필요한 것이 다른 이에게는 필요하지 않기 때문이고, 다른 이에게 의미 있는 것이 내겐 아무 의미 없기 때문이다. 학교에서는 타인의 욕망과 나의 욕망을 동일시하는 훈련을 받았다. 그것은 순환을 막는 방법이었다. 사람들이 쓸모없다고 부르는 것들이 난 좋았고, 천대받는 것들을 오히려 원했다. 내가 이 세상에 꼭 필요해서 존재하는 것이 아니듯이, 그래도 나를 찾는 사람들이 있듯이. 그래서 내 주변은 흐른다. 파도 없이도 멈추지 않는 강물처럼.

스물다섯 살 때 나는 잠깐 죽었다. 그때를 생각하면 로프가 목을 조여 오는 아픔이나 실신 상태에서 깨어나 울음을 토해냈을 때보다, 매듭을 목에 건채 가만히 서 있던 내가 보인다. 땀으로 젖어가는 로프, 뺨을 따라 흐르다가 턱 끝에서 만나는 눈물, 아래에서 삐걱대는 의자, 나를 응시하는 방 안의 물건들. 누군가 스스로 목숨을 끊었다는 기사를 보면 그에게도 다가왔을 그 순간에 대해 생각한다. 죽음은 두렵지 않다. 하지만 어떤 것도 그 순간에 비할 공포는 없다.

　남들이 잘 믿어주지 않을 만큼 신기한 경험이 다들 하나씩은 있다. 나의 경우는 그 전날 세 명의 친구들이 내 꿈을 꿨다며 연락한 것이었는데, 그 내용이 절묘하다. 한 명은 내가 탈의실에서 목을 맸다고 했고, 한 명은 내 장례식에 오라는 연락을 받았다고 했고, 한 명은 내가 먼 나라로 이민을 갔는데 잘 적응하고 있다고, 여긴 너무 행복하다고 말해 기쁜 동시에 슬펐다고 했다. 나는 친구들에게 계획을 털어놓은 적이 없다. 그렇기에 그들의 이야기를 듣고 나서 내 결정에 확신을 하게 되었다. 신은 그날까지 만 날 만들어둔 것이 아닐까 싶었다.

이상하게도 나는 살았다. 뭔가가 목을 긁는 느낌이 들어 눈을 떠보니 내가 바닥에 쓰러져 있었다. 목을 긁던 것은 나의 손톱이었다. 바짝 조여진 매듭을 손들이 풀어내려 하고 있었다. 햇살은 여전히 방 안으로 미끄러졌다. 내가 도망친 곳은 겨우 거실이었다.

그 뒤부터 병원에 다녔다. 역설적이게도 죽고자한 다음에 가장 먼저 한 일이 살고자 한 것이다. 죽을 수 없다면 적어도 고통을 덜어내야 했다. 약을 먹으면 잠이 오고 생각이 느려졌다. 목에 패인 붉은 상처를 가리기 위해 반년 동안 목이 올라오는 옷을 입었다. 턱 밑까지 지퍼를 올릴 때마다 차가운 감촉이 섬뜩했다. 다시 로프에 무게를 매달고 싶어질 때면 멀리 떠났고, 새벽까지 영화를 보고, 가끔은 자원봉사도 했다. 나를 누르던 무게가 가벼워진 것인지는 모르겠지만 적어도 옆으로 밀어놨다고 믿었다.

그렇게 삶을 이어가고 있었다. 며칠 전, 평소처럼 책상 앞에 앉아있는데 갑자기 심장이 터질 듯 두근거리고 몸이 떨려왔다. 알고 있는 느낌이다. 누군가를 아리도록 사랑할 때면 이렇게 심장이 저미듯 아팠다. 이상한 것은, 그 순간 누군가를 생각하고 있지 않았다는 것이다. 갑자기 왜 사랑의 순간이 찾아온 건지 알 수 없었지만, 괜히 설레어 기분이 좋았다. 얼마 가지 않아 다시 그 떨림이 왔다. 이번에도 정체 모를 설렘인가 싶었는데 심박수가 심상찮았다. 숨을 들이마시고, 다시 들이마셨다. 숨이 뱉어지지 않았다. 공황이었다.

다 나았다고 생각했던 병이 불쑥 얼굴을 내밀었다. 공황발작을 한 것보다 내가 이것을 사랑의 기운이라고 착각했다는 것에, 나는 나의 마음과 멀어진 기분이었다. 또 어떤 병을 사랑으로, 사랑을 병으로 착각하고 있을까.

스물다섯 살에 내가 본 삶과 죽음은 같은 것이었다. 완전히 다른 둘이라고 생각했지만 실은 동전의 양면만큼이나 바짝 붙어있었다. 병과 사랑도 알고 보면 어느 한 면을 공유하고 있다고 믿는다. 너무 많이 사랑할 때 나는 앓는 듯했다. 그런가 하면, 아플 때 잊고 있던 사랑이 보이기도 했다. 몸살 기운에 장염까지 겹쳐 누워있던 날, 번개가 번쩍번쩍하는 것을 보고 나는 내가 너무 아파서 눈앞이 번쩍이는 줄 알았다. 그러자 그 빛 사이로 사랑하는 사람이 떠오른 것이다.

겨울에 느끼는 봄이 있다. 아직 봄이 아닌데 착각했구나 싶은 것들이 사실은 때에 맞춰온 것임을, 우리는 얼마나 많은 것들을 아직은 이르다며 허투루 밀어내었는가. 계절의 새들이 떠나갈 때, 나는 밀어내진 것들을 물끄러미 바라볼 것이다. 유난한 것들의 닮은 구석을 찾으며 살아갈 힘을 내보려 한다.

불가해한 약속

자물쇠의 열쇠를 네게 건넸다
아마 이 자물쇠가 잠긴 입을 다시 열 일은 없을
것이다
나는 자발적으로 열쇠를 빼앗겼고
너는 무엇을 열어야 할지 모르므로

의심을 깁다

　한동안 진심을 부어 꾸준한 노력이 필요할 때, 그리고 그에 따른 결실이 필요할 때 나는 무엇보다 마음을 지켜야 했다. 무언가를 시작하는 건 스스로가 할 수 있다고 믿을 때 가능했다.

　처음 다잡았던 마음과는 다르게 시간이 지나면 자신을 의심하고 가능성을 제한하게 되었다. 결국, 실패할 것 같은 기분에 휩싸인다. 그런 이유만으로 그만둘 수는 없으니 억지로라도 할 수 있다고 나를 다독인다. 자신을 의심하고 다시 믿는 일이 끝없이 반복된다.

　나보다 타인의 말을 믿는 날이 더 많았다. 스스로에게조차 받아들여지지 못한 마음은 자주 길을 잃었다. 하지만 나의 허름한 마음을 남이 덧대어주진 않는다.

여기저기에서 바람이 새는 나를 끌어안는다. 그제야 나는 가난하고 갇힌 마음을 벗어날 준비가 되어가고 있었다.

143

몽골 사람들은 한 번 간 길은 잊지 않는다고 한다. 동서남북 어디를 봐도 풍경이 모두 같은데, 운전대를 잡은 몽골 사람들은 귀신같이 방향을 알아낸다. 몽골의 길은 끝이 없는 만큼 방향도 없었다. 어디나 짙은 회색으로 포장된 도로와 표지판으로 점철된 우리나라와는 다르다. 우린 여기서 매일 5시간 이상을 달렸다. 불친절한 승차감에 속도를 낼 수 없었고, 자연스레 길을 돌아가기도 했다.

멀리서 보면 평야지만 가까이서 보면 작은 언덕들이 불쑥불쑥 튀어나와 있다. 천천히 치던 파도가 그대로 굳어 만들어진 땅이다. 푸르공(*)은 그런 느린 파도를 느리게 타는 나룻배 같다. 앞으로가 아니라, 위아래로 전진하는 쇳덩어리 뗏목. 기분 좋은 울렁임이었다.

바퀴가 지나간 흔적을 피해 풀이 자라난다. 풀이 없는 곳이 곧 길이다. 이 길은 우리보다 앞서간 사람들의 자취가 쌓인 것이다. 그들의 두려움은 지금의 여행자들이 길을 조금 돌아가도록 만들었다.

나는 이 사실이 어쩐지 다행스럽게 느껴졌다. 최단 거리, 최단 시간이 아니어도 모두 그 길을 택했다. 길이 흙에 덮여 사라지지 않게 다시금 세게 밟아주었고, 때로는 우리가 길을 만들기도 했다. 운전사는 푸르공의 핸들을 꺾어 마음대로 가기도 했다. 별일 없었다. 태초의 길은 그저 발자국들이 모인 것이란 걸 너무 오래 잊고 살았다.

　어디로도 방향을 제시하지 않는 몽골의 대지에 화답하듯 초원 위의 동물들도 그저 새로운 풀을 향해 걷는다. 흩어져 가는 소 떼가 불안하지도 않은지 목동은 모습을 드러내지 않는다. 휘몰아치는 바람만이 무리와 함께 이동한다. 몽골의 바람은 정해진 길로 가지 않아도 괜찮다고 말한다. 지금 눈앞엔 또 한 무리의 말이 이동한다. 주인이 있는지 없는지, 저 말들이 길을 잃은 건 아닌지 하는 생각은 전부 지웠다. 다시 한번 기분 좋은 울렁임이 일었다.

(*) 푸르공 : 몽골에서 흔히 볼 수 있는 러시아 승합차

처음엔 1년 반, 그다음엔 1년, 또 그다음엔 6개월 만에 우리는 느슨해졌다. 계속 만나는 것도 힘들었고 더 이상 만나지 않겠다는 선을 긋는 것도 힘들었다. 정돈 안 된 마음은 안개를 만들어 나 자신을 보는 것도 어려웠다. 가장 가까운 사이가 가장 먼 관계로 바뀌고 있었다. 우린 두 번 헤어졌다가 다시 만났지만 결국 마지막임을 인정하고 끝내 헤어졌다.

헤어지고 집으로 돌아가는 길에 식당에서 혼자 밥을 먹었다. 나한테 마지막으로 쥐여준 편지는 너무도 따뜻하고 몽글해서 내 마음은 붉게 헐었다. 밥만 먹으면 꾸벅꾸벅 조는 나를 보고 웃던 네가 떠오른다. 왜 항상 같은 메뉴만 고르냐고 묻던 네가 떠오르고, 손목에 시계를 채워주던 네가 떠오르고, 집에 가는 길에는 전화를 걸던 네가 떠오른다.

이제부터 내가 할 일은 이렇게 불쑥불쑥 튀어나오는 너와 담담하게 인사하는 것이겠지. 오늘 이후로 우리는 서로가 어떻게 변해 가는지 알 수 없다. 3년간의 너를 내 안에 담아두고 그 사람을 평생 너

146

로 기억할 것이다. 시간이 지나며 서로를 기억하는 간극은 점차 심해질 것이다. 같은 땅에 있어도 우리에겐 그런 식으로 시차가 벌어진다. 지금의 나는 너의 20대가 조금 섞여 있다. 순도 100%의 사람은 없다고 생각해, 너에게도 나의 20대가 조금 섞인 것처럼.

너를 사랑한다는 이유로 내 색깔을 지나치게 많이, 빨리 섞으려고 했던 것 같아서 미안했다. 내가 좋아하는 영화를 보게 하고 좋아하는 운동을 배우게 하고. 내가 지워진 채로 살다 보면 너한테 입혀진 나의 색이 빠질까. 순수한 농도 100%의 네가 될까. 나는 내 위로 덧칠된 너를 지우지 않으려고 한다. 이 색이 옅어지는 과정에 마음이 꽤 시릴 것 같다.

해양 생물의 낙원이라는 곳이 있다. 언젠가 그곳을 찍은 사진을 봤다. 인적이 없는 섬, 얕은 바다에서 흑기흉상어들이 헤엄치며 쉬는 모습이었다. 사람이 서면 무릎에도 닿지 않은 얕은 물에서 상어들이 놀고 있었다.

충격이었다. 등에 달린 돌기는 공포를 상징하며, 살육을 위해 피만 좇을 거라고, 나는 그렇게 상어를 그려왔다. 틀렸다. 천진하다는 단어는 상어의 것이기도 했다. 그 단어를 고양이나 홍학, 아기 코끼리들이 독점한 게 아니었다.

휘어진 수족관의 유리 속 상어만을 알고 있었다. 인간이 만들어놓은 렌즈를 통해서만 보고 있었다. 또 얼마나 많은 오해를 나는 하고 있을까. 고정관념이 고정관념인 줄도 모른 채 불쌍히 살아갈까. 볼 수 있는 것을 놓치고, 내가 가둬 놓은 선 안에서만 무언가를 듣고, 느끼는 것이다.

가끔은 인간으로 살아가는 게 죄악처럼 느껴질 때가 있다. 우리는 필요 이상으로 영역을 넓히고, 땅에는 더 많은 것을 버리고, 다른 동물들의 몫을 빼앗는다. 다른 동물의 시선을 가져볼 필요가 있다.

얼굴 위에 쌓인 안경들을 내려놓고 싶다. 여태까지 배운 것들을 무를 수 있다면 그렇게 하고 싶다. 무엇 하나 아는 것 없는 눈으로 세상을 바라보고 싶다.

"안녕. 나는 안녕이란 단어가 슬퍼요. 시작이고 끝이 되는 단어입니다.

생의 의미는 금방 나타나고 사라집니다. 알고 있어요. 묘생의 의미를 너무 찾지 말라고 다른 고양이들이 말하더군요. 하지만 그걸 알아야만 하는 고양이는 어떡하나요? 어째서 내가 태어났는지 나는 알아야 합니다. 내가 두려운 건, 죽어서도 어떤 형태로 생이 계속되는 것입니다. 인간들이 믿는 종교는 모두 죽음 이후를 이야기합니다. 눈을 감으면 아무것도 없는 세계를 나는 꿈꿉니다. 그러면 이생을 사랑해볼 수도, 어쩌면 마음껏 살아볼 수도 있을 것 같습니다.

죽음 이후가 있다면, 그래서 생이라는 것이 끝없이 존재한다면, 그것을 왜 천국이라고 부르나요? 살아있는 것 자체가 투쟁인데 무엇 때문에 나는 태어나고, 살아가고 있나요?

인간들이 주차장이라고 부르는 곳에서 눈을 떴습니다. 같이 태어난 형제 중 둘은 며칠 안 가 그 자리에서 죽었습니다. 그들은 어디에 있을까요. 그렇게 죽을 내 형제들은 왜 태어나야 했을까요.

살아가는 것은 어두운 터널을 걷는 것 같습니다. 어쩔 수 없이 터널의 끝까지 가봐야 합니다. 여기를 나가면 빛이 있나요? 그 어디에도 빛이 없어서, 터널 밖에서도 여전히 그 안에 갇혔다고 여기고 살아가게 될까요?"

아이는 커튼 뒤로 밤을 숨겨두었다가 한 번에 펼쳐 보이곤 했다. 밤이 보고 싶어지면 그게 이른 새벽이든 늦은 오후든 다만 커튼을 열어젖히면 되었다. 아이는 그런 식으로 꺼내 보고 싶은 것을 간직하고 있다가 들여다보았다.

　나도 곁에 앉아 아이가 보여주는 것을 같이 보았다. 커튼을 열면 불어오는 바람에 아이의 머리칼이 일어났다. 조용한 하늘은 아이의 손짓에 맞춰 울렁였다. 파도였다. 하늘에도 파도가 치냐고 내가 물었고 아이는 끄덕였다. 밤을 다시 덮어두고서 좀 걸었다. 시간을 거슬러 걷는 것 같았다. 햇빛이 유리에 비쳐 반짝이는 것은 별의 뒷모습 같기도 했다.

살아낸다

노트를 가지고 다니며 내킬 때마다 글을 쓰면서도 이상하게 유서는 잘 써지지 않았다. 두 줄 이상 써지지 않는 나의 짤막한 유서를 보며, 내가 잘 살아왔기 때문인지 잘못 살아왔기 때문인지 헷갈리기 시작했다.

유서 쓰기를 포기하고 내가 한 것은 평생 모아놓은 편지를 없앤 것이다. 마음속에 새겨 넣는 기분으로 한 장씩 읽고 불태웠다. 편지라는 형태로 사랑을 준 한 명 한 명과 그렇게 작별하였다.

그리고 삶은 계속되었다. 이제는 담담하게 시간을 보낸다. 날이 밝아오면 새날을 맞고 정오가 오면 점심을 먹고 저녁이 오면 세수를 한다. 다시는 받은 편지를 태우지 않아야지. 그렇게 살아가야겠다.

부당하다고 느껴지는 시간에는 어둠을 더듬어 너의 손을 찾아 잡아야지. 그러면 숨어있던 괴롬이 깨금발로 도망간다. 그렇게 조금씩 살아가고 있다.

에필로그

마침내 비가 오는 날입니다. 맺는 글은 부서지는 빗방울을 보며 쓰고 싶었습니다. 빗물 고인 웅덩이에는 웅크린 마음들이 모입니다. 나는 그사이에 숨어들어 글을 씁니다.

펜을 잡기 전에 용기를 내는 연습부터 했습니다. 여기에 적힌 것은 전부가 나의 용기지만 조금은 글처럼 보이기도 합니다. 이것이 누군가에게도 용기가, 혹은 자신도 몰랐던 자신의 마음을 발견하는 계기가 된다면 좋겠습니다.

최연 편집장님은 내 글을 발견해 준 사람이며 나의 스승입니다. 그가 없었다면 이 책은 세상에 나오지 못했을 것입니다. 그와 함께 글을 읽고 쓰는 것은 즐거운 시간이었습니다. 그를 만나기 전까지 글쓰기는 외롭기만 한 줄 알았는데, 그는 또 다른 세계를 보여주었습니다. 골방에서 홀로 글을 쓸 때는 알 수 없었던 여러 감각들을 그를 통해 엿볼 수 있었습니다. 단순히 쓰기에 관한 것뿐만 아니라 글을 대하는 마음가짐이나 수백 번 문장을 고치는 집요함까지,

어쩌면 좋은 문장을 쓰는 것보다 더 소중한 것을 배웠습니다. 다양한 방법으로 좌절할 때마다 다양한 방법으로 격려해주시고, 내가 나다운 글을 쓸 수 있도록 이끌어 주신 편집장님에게 감사드립니다.

평생을 같이 살아도 적응되지 않는 딸이건만 늘 나를 지지하며 사랑을 주시는 부모님에게도 감사드립니다. 이번에도, 이 책을 읽으며 발견할 나의 비밀에 너무 놀라지만은 않길 바랄 뿐입니다. 부모님의 말씀과 정확히 반대로 하는 나를 두고 "어디서 저런 것이 나왔을까" 하면서도 다시 안아주시는 어머니 남성희 님, 아버지 이현하 님. 사랑합니다.

지금 이 봄비가 가고 나면 풀잎도 목소리가 변하는 시기가 올 것입니다. 그때가 오면 답할 수 없는 물음에 대해 나는 다시 적을 것입니다. 살아가는 우리는 모두 긴 꿈을 꾸는 것이고, 꿈에서는 적응하지 못한 사람들만이 살아갈 수 있습니다. 생각해보면 확신에 찬 발걸음이 얼마나 있었는지 모르겠습니다. 어둠 속에서 스위치를 찾아 더듬더듬 나아가는 것처럼, 한동안은 더 그렇게 나아가게 될 것입니다. 이 책을 집어 든 당신도 옷을 입었으나 갈 곳이 없을 때면 조촐한 거리로 나가도 된다고 말해주고 싶습니다. 그 거리에는 우리의 조촐한 꿈이 입김처럼 떠오를 것입니다.

옷을 입었으나 갈 곳이 없다

초판 1쇄 발행 2020년 8월 28일
초판 3쇄 발행 2020년 9월 8일

지은이   이제
펴낸이   최대석
기획   최연
편집   최연
디자인   이기준
마케팅   신아영

펴낸곳   행복우물
등록번호   제307-2007-14호
등록일   2006년 10월 27일
주소   경기도 가평군 가평읍 경반안로 115
전화   031-581-0491
팩스   031-581-0492
홈페이지   www.happypress.co.kr
이메일   contents@happypress.co.kr

isbn   978-89-93525-84-7 03810
정가   15,300원

※ 이 책의 국립중앙도서관 출판예정도서목록(CIP)은 서지정보
유통시스템 홈페이지(http://seoji.nl.go.kr)와 국가자료공동목록
시스템(http://nl.go.kr/kolisnet)에서 이용하실 수 있습니다.
(CIP2020031758)